2레벨로 회귀한 무신

PAPYRUS FANTASY STORY

염비 판타지 장편소설

2레벨로 회귀한 무신 20

초판 1쇄 발행 2023년 2월 28일

지은이 ǀ 염비
발행인 ǀ 신현호
편집장 ǀ 이호준
편집 ǀ 송영규 최종건 정재웅 양동훈 곽원호 조정범 강준석 최성화
편집디자인 ǀ 한방울
영업 ǀ 김민원

펴낸곳 ǀ ㈜ 디앤씨미디어
등록 ǀ 2002년 4월 25일 제20-260호
주소 ǀ 서울시 구로구 디지털로 26길 111 JnK디지털타워 503호
전화 ǀ 02-333-2513(대표)
팩시밀리 ǀ 02-333-2514
E-mail ǀ papy_dnc@dncmedia.co.kr
블로그 ǀ blog.naver.com/gnpdl7

ISBN 979-11-364-4216-1 04810
ISBN 979-11-364-2555-3 (SET)

20

2레벨로 회귀한 무신

PAPYRUS FANTASY STORY

염비 판타지 장편소설

PA
PYRUS
파피루스

1장

1장

적멸을 품어, 관리자의 손의 봉인을 해제할 절대무기.

[일단은, SSS급 장비를 구해야 함······.]

이를 위한 첫 준비물은, 아이템 등급 SSS급의 장비였다.

[그것도 화속성과 친화적인 무구가 필요함. 구하는 게 쉽지는 않겠지만······.]

'마침 있어.'

[······있음?]

성지한은 고개를 끄덕이곤, 인벤토리에서 봉황기를 꺼냈다.

SSS급 등급에, 화속성 친화면 이게 딱이지.

[이런 무기가 있었음?]

'너 있을 땐 안 썼었나? 예전에 자주 썼던 무기다.'

한때는 적뢰를 운용할 때, 필수적으로 써먹던 무기였지만.

근래에는 스탯 적을 쓰는 데 있어서, 그냥 관리자의 손으로 힘을 써먹는 게 다이렉트라 잘 쓰질 않았지.

[이 정도면…… 1차 조건은 만족함. 여기에 적멸의 기운을 담으면 됨.]

'그건 어떻게 하는데?'

[소멸 코드를 먼저 작성하고, 그 앞에 필살기라고 쓰셈. 그럼 적멸이 됨.]

'……필살기? 장난하냐?'

이거 진심으로 하는 말인가?

성지한은 미간을 찌푸렸다.

[진짜임…… 특별 문자로 소멸의 권능을 강조한 거임.]

'그럼 다른 코드에도 죄다 필살기 XX코드 쓰면 모두 강조되냐?'

[그렇진 않음. 소멸만 특히 강조시킴.]

적색의 관리자.

알고 보면 실없는 존재인가.

성지한은 피식 웃으며, 봉황기 위에 코드를 쓰려다가 생각을 바꾸었다.

'지금 바로 이놈이 하잔대로 하면, 봉인한 의미가 없잖아.'

⟨10⟩ 2레벨로 회귀한 무신 20

아소카가 검에 찔리면서까지 행했던 손의 봉인.

이걸 이렇게 쉽게 풀어 줄 수는 없었다.

스탯 적을 완전히 활용하기 전까지는, 이렇게 적색의 눈이 감긴 상태가 편하지.

'야, 근데 이럼 내 무기 사라지는 거 아니야?'

성지한은 본격적으로 일에 태클을 걸기 시작했다.

[사라지면 어떰. 내가 있잖음.]

'너도 안 풀리고 무기도 사라지면 내 손해가 막심한데.'

[……그동안 안 썼던 거 아님? 이 창.]

'이제 슬슬 활용도를 넓히려고 그랬지. 솔직히 말해 봐. 필살기 소멸 코드라고 작성하면, 정말 창 날릴 위험이 없냐?'

[100% 사라짐. 대신 내가 돌아옴.]

'그럼, 창도 날리고 너도 봉인에서 안 풀릴 확률은?'

[그건…… 속단할 수 없지만 50%쯤 될 거임.]

이거다.

"아니, 50%라고?! 반반이잖아!"

성지한은 지금껏 팔에 의념만 보내다가, 실제로 놀란 목소리를 토해 냈다.

"내가 세상에서 가장 싫어하는 게 도박이다. 그런 확률 따위에 내 SSS급 창을 맡길 순 없어."

[본체! 50%면 할 만함! 거기에 실패하면 또 구하면 그만 아님?]

"아니. 봉황기엔 길드 특성 업그레이드하는 옵션도 있다고. 이렇게 소모되기엔 아까운 아이템이야."

[길드 특성을 올려 줌? 저 창이?]

"그래."

성지한의 말 중, 관리자의 손은 뜻밖의 것에 집중했다.

[……이러면 온전한 무기로서의 성능은, 실제 SSS급에 미치지 못할 수도 있음.]

"길드 성능 올려 주는 부가 옵션 때문에?"

[그게 문제임. 이러면 성공 확률은 20% 이하로 내려갈지도…….]

"안 되겠네, 이거."

이러면 봉황기는 탈락이고, 새로운 SSS급 무기를 구해야 하는 건가.

성지한이 입꼬리를 슬쩍 올리고 있을 때.

[이런…… 코드 매개체가 있었다면, 확실하게 성공했을 텐데 아쉬움.]

"코드 매개체?"

[코드를 온전하게 담을 수 있는 매개 수단…… 공허가 소유한 그 기물은, 필살기 소멸 코드도 확실히 담을 수 있음.]

관리자의 손이 코드 매개체를 언급하면서, 아쉬움을 토하기 시작했다.

이 물건만 있으면, 100% 성공인데 하면서.

'……왜 이놈이 필요로 하는 물건은 다 내 인벤토리에 있나.'

성지한은 그런 관리자의 손을 의심쩍게 바라보았다.

설마 알고 이러는 건 아니지?

"코드 매개체라는 거, 구하면 그냥 그 위에 필살기 소멸 코드 쓰면 되는 거냐?"

[그게 있으면 저 창이랑 융합을 시켜야 함. 그러면 항시 발동되는 '적멸의 창'을 볼 수 있을 것임.]

"흐음…… 융합은 어떻게 시키는데?"

[융합 코드를 양쪽에서 써서 합치면 됨…… 그 정도면 관리자의 무기로 삼아도 될 만한 성능이 됨.]

"관리자의 무기가 될 정도라고? 그렇게 성능이 나올 수 있냐?"

성지한은 눈을 번뜩였다.

봉황기랑 코드 매개체. 최근 써먹을 데가 애매해서 인벤토리에서 놀고 있었는데…….

이것들이 잘만 융합시키면, 관리자급 무기가 된단 말인가?

[적멸이 상시 발동하는 창임. 거기에 적을 더 불어넣으면, 이를 한층 더 강화시킬 수 있음. 이 정도면 적색의 관리자의 주무기가 될 만함.]

"호오……."

[……근데. 설마 혹시 본체 코드 매개체를 가지고 있음?]

"공허가 가지고 있다며. 그런 보물이 나한테 있겠냐?"

[음. 그건 그런데 뭔가 아는 느낌임…….]

"궁금하니까 그런 거지."

[하긴…… 그게 있을 리가…… 있으면 썼겠지 놔뒀겠음…….]

그러게.

너 얻고는 검이랑 손으로 떼우고 창 안 쓰길 잘했네.

성지한이 그렇게 표정 관리를 하고 있을 무렵.

[으…… 힘의 여유가 없음…… 미친 봉인…… 어떻게 관리자의 손을 봉인함? 성좌 따위가?]

"그러게. 세더라."

[본체…… 그럼 SSS급 불 속성 무기 따로 구하고, 여기에다간 필살기만 쓰고 있어 보셈…….]

"그럼 무기 안 날아가냐?"

[필살기의 글자만 가지곤 안 날아감…… 오히려 무기가 적에 걸맞게 강화될 거임.]

무기가 부서지지 않고, 강화되기만 한다니.

이름이 '필살기'인 걸 제외하면, 완전히 좋은 코드다.

물론 적이 강화되는 거니, 모든 무기에 쓸 수는 없겠다만.

"그래. 그럼 꾸준히 이 무기 강화시켜 두지."

[믿겠음…… 본체. 날…… 풀어야 함. 그래야 대업을 성사할 수 있음…….]

"알았다."

[그리고 정 SSS급 무기 못 찾겠으면, 최후의 방법도 있긴 함…… 일단, 무기 수소문부터 해 보셈…….]

스스스스.

그 말을 마지막으로 관리자의 손은 힘을 잃었다.

다시 봉인되어 버린 건가.

'그럼.'

성지한은 관리자의 손이 알려 준, 절대무기 '적멸의 창'에 대해 생각을 정리했다.

'준비물은 다 갖춰 놨지만, 지금 당장 합칠 필요는 없다.'

적멸의 창을 완성하면, 관리자의 손이 봉인 풀어 달라고 또 호소할 게 뻔하니까.

이 손에게 자신의 진의를 밝히는 건, 좀 더 나중이 되어야 한다.

'코드 매개체는 인벤토리에 계속 놔두고.'

봉황기만 일단 필살기를 쓰면서 강화시켜 봐야겠군.

성지한이 그리 결심했을 때.

"……삼촌, 레드 깬 거야?"

성지한이 도박이 싫다고 목소리를 낼 때부터, 옆에서 이를 가만히 듣던 윤세아가 말문을 열었다.

"잠깐 깼지. 다만 봉인 해제법을 알려 주고 다시 봉인됐어."

"오, 해제가 가능한 거였구나. 어떻게 하면 된대?"

"무기에다가 필살기라고 쓰래 일단."

"……봉인돼서 제정신이 아닌 건가?"

이렇게 생각하는 게 정상이지.

성지한은 고개를 끄덕거리다, 윤세아를 바라보았다.

그러고 보니.

'왜 자꾸 세아를 주시하는지는 못 물어봤군.'

손의 붉은 눈이, 자꾸 자신을 쳐다봤던 윤세아.

관리자의 손이 그냥 윤세아를 볼 리는 없었다.

분명 이유가 있겠지.

성지한은 손의 마지막 이야기를 떠올렸다.

[그리고 정 SSS급 무기 못 찾겠으면, 최후의 방법도 있긴 함…… 일단, 무기 수소문부터 해 보셈…….]

뭔지는 안 알려 줬던 '최후의 방법'.

이게 걸린단 말이지.

"세아야."

"웅?"

"손이 널 꼬드겨도 무시해라."

"에이, 삼촌 물건에 내가 어떻게 손을 대?"

"그냥 얘가 뭐라고 하던 반대로 들어. 완전히 협력하는 관계는 아니니까."

"아, 그래? 뭔가 사정이 있구나…… 알았어, 삼촌!"

윤세아는 눈을 동그랗게 뜬 채, 고개를 끄덕거렸다.

"그럼. 난 잠깐 필살기 좀 쓰고 올게."

"……그거 진짜 쓰게?"

성지한은 고개를 끄덕이곤, 공허의 수련장 안으로 사라졌다.

'필살기라니. 아무리 생각해도 그건 너무 말이 안 되는데.'

윤세아는 사라진 삼촌의 자리를 보다가, 고개를 갸웃하며 냉장고를 향해 갔다.

거기서 아이스크림을 하나 꺼내, 소파에서 TV를 보며 이를 먹고 있던 그녀는.

부르르르…….

진동하는 자신의 폰을 보았다.

'하연 언니?'

삑.

그녀가 전화를 받자마자.

[세아야! 오너님이 뭐 하셨어?!]

핸드폰에서는, 이하연의 흥분한 음성이 들렸다.

"무슨 일이야 언니?"

[길드 옵션이 갑자기 강화됐어! 그것도 올 +4야!]

"어…… 진짜?"

[응. 여기서 더 느는 건 쉽지 않을 거 같았는데 어떻게 +4씩 다 오르지? 혹시 오너님 집에 계시니?]

"아니, 수련장 갔는데."

[그래? 거기서 뭘 하신 건가…….]

그 말에, 윤세아는 눈을 깜빡였다.

성지한이 수련장에서 한다는 건 분명 필살기 쓰기였는데…….

'……그게, 먹히는 거였어?'

* * *

무신의 별, 투성.

[잘해 주었다.]

무신은 오랜만에 기꺼운 음성으로, 토너먼트를 끝내고 돌아온 아소카를 맞이했다.

"……손을 가져오지 못해, 면목이 없습니다."

[괜찮다. 다음 토너먼트에서, 동방삭이 나서면 되니까.]

이번엔 성좌 레벨 8까지밖에 나서지 못했던 토너먼트였지만.

성지한이 챌린저 리그에서 승급을 하면, 언젠간 레벨 9도 경기에 나설 수 있을 터.

독존 레벨 9인 동방삭이 나서면, 손의 회수야 확정적이겠지.

[그 전에 그가 경거망동하지 못하도록, 봉인한 것만으로도 네 소임은 충분히 다했다.]

"……감사합니다."

고개를 숙였다 든 아소카는, 꿰뚫린 가슴을 가리켰다.

"그럼…… 이제 상처를 추스르기 위해, 봉인지에 들어가도 되겠습니까?"

봉인지에 스스로 들어가려 하다니.

'허튼 뜻을 품고 있지는 않나 보군.'

무신은 그 말을 긍정적으로 해석했다.

봉인지 안에 들어가면, 아소카는 외부세계에는 아무런 영향도 미치지 못하고.

금륜적보를 돌릴 최후의 순간에만 나와서, 회귀를 도우게 될 테니.

행보만 보면, 누구보다도 무신에게 충직한 종이었다.

[몸 상태가 많이 안 좋은가?]

"공허의 검에 직격당했습니다. 이 상태라면, 최후의 순간 금륜적보를 운용하는 데에도 쉽지 않을 것 같습니다."

[공허에 그 정도로 당했다면…… 봉인지에 가도, 몸을 확실히 회복하긴 힘들겠군.]

"최대한 노력하겠습니다."

아소카가 덤덤하게 말하자, 무신이 눈을 번뜩였다.

노력한다는 자세는 좋지만, 저랬다가 최후의 순간 일이 그르치면 자신만 손해다.

'그의 충성심은 어느 정도 입증이 되었으니.'

관리자의 손이 봉인된 이후, 마음이 한층 풀어진 무신은 평소보다 관대하게 아소카를 대했다.

[황금의 탑으로 가라. 거기서 널 회복시켜 줄 것이다.]

"길가메시의 황금의 탑 말입니까?"

[그래. 몸을 회복시킬 열매를 얻을 수 있을 거다. 피티아에게 일러두겠다.]

"……감사드립니다. 명에 따르겠습니다."

아소카는 고개를 깊게 숙인 후, 곧 사라졌다.

무신은 그가 사라진 자리를 잠시 바라보더니.

반짝!

이번에는 피티아 없이, 신안을 발동시켰다.

신안을 통해, 미래의 가능성을 엿보던 그는.

[과연.]

근래 가장 흡족한 목소리를 내었다.

[다시 보이지 않는군…… 내가 지는 미래가.]

적색의 관리자가 되어야만, 승리할 수 있던 성지한.

그 가능성이 아소카의 봉인으로 사라진 이상, 무신의 승리는 확정적이었다.

[손을 회수하자마자, 이번 회차는 마무리한다.]

이번 회차.

다사다난했지만, 이렇게 종결만 한다면 가장 얻어 가는 게 많은 때가 되겠군.

무신이 그렇게 만족스럽게 이번 봉인 성과에 대해 평가를 내리고 있을 때.

'여기인가.'

아소카는 가라앉은 눈으로, 황금의 탑에 발을 디뎠다.

거기에는.

"왔어? 오늘 한 건 했더라?"

탑 앞에서 만면에 웃음을 짓고 있던 피티아와.

"크…… 으…….."

탑의 벽에 신체가 대부분 파묻혀, 얼굴만 간신히 나온 길가메시가 있었다.

* * *

황금의 탑의 벽.

"으…… 으…….."

거기서 초췌한 얼굴의 길가메시는 초점이 사라진 눈으로, 신음성만 내고 있었다.

"그는 왜 이러고 있는 건가."

"아, 인간 세계수로 심으려고."

아소카의 물음에, 피티아는 싱글생글 웃으며 답했다.

"세계수로?"

"응. 예전에 그를 어떻게 처리했는지, 너도 잘 알 거 아니야?"

그녀가 말하는 예전이란 무한회귀 전을 말하는 거겠지.

아소카는 고개를 저었다.

"나는 봉인지에만 있었으니, 그가 어떻게 되었는지는

모른다."

"아, 그런가? 외부활동이 없었구나. 몰랐네. 나는 너처럼 계속 회귀하는 입장이 아니다 보니."

"그런 것치고는, 예전일에 대해서도 잘 아는 눈치군."

"내 과거를 알고 나니, 신안의 성능이 강해졌거든."

툭. 툭.

자신의 이마를 두드린 피티아는, 황금의 벽에 손을 댔다.

그러자.

"커어어억!"

길가메시의 얼굴이 잔뜩 일그러지며 고통을 호소하더니.

스으으윽······.

벽에서, 황금의 과일이 튀어나왔다.

"세계수의 열매야. 약식이라 성능은 본래의 것보다 약하지만, 상처 회복에는 도움이 될 거야."

"고맙군."

황금사과를 받은 아소카는, 옆에서 고통스러워하는 길가메시를 슬쩍 바라보았다.

"자네한테도 감사하지."

그러면서 툭툭 그의 머리를 두드리는 아소카.

고통스러워하던 길가메시는 이런 취급을 받고는 곧장 눈을 부릅떴다.

"이, 이놈······ 내게 모욕을 주느냐!? 아무리 내가 지금 이 꼴이라 한들. 난 네 선조다······!"

"고맙다고 했을 뿐이다. 선조여."

"뭘 그렇게 말을 섞어?"

펑!

옆에서 피티아는 잘됐다는 듯, 길가메시의 머리를 후려쳤다.

"그냥 패도 돼. 얘는."

"이, 익……."

"많이도 폭력을 행사했나 보군. 조용해진 걸 보면."

"흐흥. 뭐, 적당히 했지. 요즘이 내 인생에서 가장 즐거운 때야."

"그런가. 일단 이건, 잘 먹도록 하지."

와삭!

아소카가 황금사과를 먹자, 금방 아물기 시작하는 가슴팍의 상처.

공허의 기운이 가시기 시작하자, 피티아는 그런 그를 가만히 바라보았다.

"아소카, 당신은 왜 주인님을 돕지?"

"같은 종끼리, 갑자기 그런 건 왜 묻는가."

"그냥. 당신 같은 사람이 이런 일을 하는 게 이해가 안 돼서. 한때, 인류의 성인이 될 뻔한 몸이셨잖아? 그런 숭고한 분께서 왜 인류 학살을 도와주나 싶어."

피티아는 생글생글 웃으면서도, 차분히 살피는 눈빛으로 아소카를 바라보았다.

"나는 목표가 있다."

"무슨 목표?"

"인류에게 내재된, 적색의 불을 지우는 것."

"아하……."

"그리고 이것은, 무신이 아니면 해결할 수 없다."

"알고 보니 나랑 목표가 같았네?"

피티아는 그 말을 들으며 고개를 끄덕였다.

"네 목표도 이거였나? 복수가 아니라?"

"이게 복수지. 날 실험실에 가둬서 애 낳는 기계로 만
든 거…… 왜 그랬겠어? 적색의 관리자를 인류 속에 넣
어, 부활시키려고 그런 거였잖아. 그러니 난 그 목적을
이루지 못하도록 방해해야지."

"그렇군…… 인류 멸망이 목적은 아니었나."

"그들은 그래도 내 후손들이잖아. 무한회귀 속에서 계
속 멸망하는 건 어쩔 수 없지만…… 무신께서 목적을 이
루시면 마지막엔 구원받을 거야. 난 그때를 기다릴 뿐이
야."

피티아에게 이런 뜻이 있었나?

아소카는 침착하게 가라앉은 눈으로 그녀를 살필 때.

"큭. 배, 뱀을 믿나? 멍청하기 짝이 없군……! 내 꼬라
지를 보고도 모르겠나?"

길가메시가 기어이 또 얼굴을 들며, 이들을 비웃었다.

"나와의 계약도 사기를 쳤는데. 너희라고 다르겠나?

인류에게 새겨진 적색의 불을 왜 그가 굳이 없애지? 그
냥 다 태워 버리면 그만일 것을!"

"아직 기운이 남아 있구나, 너? 내가 덜 팼네."

"크크…… 어리석기 짝이 없구나. 뱀의 약속을 믿다
니…… 너희도 금방 이 꼴이 될 것이다. 내 옆자리에 오
길 기다리지……!"

길가메시가 그렇게 이죽거릴 때.

퍽!

피티아가 손을 먼저 올리기도 전에, 아소카가 그의 머
리를 세게 내리쳤다.

"걱정 말게. 자네보다는, 철저히 계약에 임하니 말이야."

"크…… 윽……!"

"그럼, 난 회복하러 가겠네."

"응. 난 나무 심고 있을게~"

아소카가 길가메시를 때린 게 마음에 들었는지, 미소를
지으며 그를 배웅하는 피티아.

그가 그렇게 사라져 갈 때쯤.

'……뭐지?'

탑에 결박되어 있던 길가메시는 이를 갈며 아소카를 바
라보다, 자신의 몸이 한층 더 자유로워진 걸 느꼈다.

'아까 그거 맞았다고, 결속이 풀린 건가? 하지만 피티
아한테 그렇게 맞을 때는 안 그랬는데……?'

이건 우연의 일치인가.

아니면 아소카가 의도한 건가.

길가메시는 왜 자신이 좀 더 자유로워졌는지는 알 수 없었지만.

"나 말고 다른 사람한테 맞아 보니 어때?"

"닥쳐라, 늙은 계집."

"하여간 매를 벌어요."

빡!

혹시나 해서 피티아에게 다시 한번 맞아 보니, 몸의 결속은 전혀 풀리질 않았다.

이거 아무래도 우연의 일치라기보다는, 아소카가 한 거 같은데.

'……아소카, 무슨 생각이지?'

길가메시는 아소카가 왜 이랬는지에 대해서 의문을 품었지만.

'일단은, 다시 탑을 장악하자…….'

자유를 어느 정도 찾은 이상, 이제 황금의 탑을 다시 장악할 수 있게 되었다.

그렇게 흐리멍덩하던 길가메시의 눈에, 희망이 조금 생겼다.

* * *

공허의 수련장 안.

"이거 참…… 대단한데?"

성지한은 자신의 손에 있는 봉황기를 보면서 만족스러운 웃음을 지었다.

'설마 EX로 오를 줄이야.'

손의 말대로 필살기를 백 번 작성했을 뿐인데, 등급이 EX급으로 오르며 이름까지 변한 적운봉황기.

물론 필살기를 쓸 때마다 스탯 적이 소모될 때가 종종 있어서, 총 쓴 적의 능력치가 50이긴 했지만.

성지한은 자신을 조종할지도 모를 능력치 적을 털어 내서, 무기를 업그레이드시킨 것에 만족했다.

그는 본격적으로 무기를 분석했다.

[적운봉황기赤雲鳳凰旗]

–등급 : EX

–운중봉황기에, 적색의 관리자의 문자가 100번 새겨진 창.

–창을 통해 스탯 적을 운용할 시, 화력을 크게 증폭시키며 특수 스킬 [봉황 현신]을 사용할 시, 스탯 적의 위력이 50% 상승합니다.

–추가 효과로 사용자가 길드 오너나 길드 마스터라면, 속해 있는 길드의 전 옵션 레벨을 +15 증가시킵니다.

'아군에게 능력치 35%를 증가시켜 주던 버프 효과가

봉황 현신으로 변했군.'

올스탯 35% 버프에서, 스탯 적만 50% 올려 주며.

그것도 이 효과는 아군에겐 전혀 쓸모가 없었으니 이 변화는 다운그레이드라고도 할 만했지만.

'애초에 요즘의 나에겐 35% 버프 효과가 적용되지 않았으니. 이게 더 쓸 만하지.'

봉황기를 꽂아, 아군 버프를 받던 시절에 비해 워낙 능력치가 발전해서 그런가.

성지한은 처음과는 달리 봉황기의 버프 효과를 거의 누리지 못하고 있었다.

만약 버프 효과가 계속 쓸 만했다면, 창이 인벤토리에서 놀고 있진 않았겠지.

'아군 버프가 사라진 건 아쉽지만, 어차피 이제 내가 수행할 전투는, 나 혼자서 이겨 내야 할 것들이니까.'

토너먼트의 승자와 싸울 때도 1:1로 싸워야 하고.

무신이랑 싸울 때도, 사람들 데려갈 수는 없는 노릇이니.

아군 버프를 써먹을 수 있는 곳은, 이제 스페이스 리그의 종족 대항전 정도밖에 없었다.

한데 이런 데는, 성지한이 일단 출전만 할 수 있으면 버프를 주건 말건 그냥 게임이 끝나니까.

막상 운중봉황기의 버프는 현재 그렇게 쓸모가 있진 않았다.

이러느니 적 50% 상승시켜 주는 게 낫지.

'여기에 길드 옵션 +8이 더 성장한 것은 덤이군.'

관리자의 손이 아이템 등급을 뻥튀기시켜 줬다면서, 적멸의 창 만드는 걸 단념하게 만들었던 길드 옵션.

이것도 창의 등급이 EX로 변하며, +7에서 +15로 8단계나 올라가 있었다.

이것도 뭐, 나름대로 쏠쏠하지.

무신이랑 싸울 때는 큰 영향이 없겠지만, 레벨 업은 조금이라도 더 빨라질 테니까.

'한데 이게 EX면, 적멸의 창은 등급 뭐가 뜨는 거지?'

원래는 적멸의 창쯤 되어야 EX가 될 줄 알았는데.

EX등급이 필살기 백 번 썼다고 너무 쉽게 떠 버렸다.

이러면 다음 단계는 뭘지, 감도 안 잡히는데.

'뭐 어쨌든 EX도 되었겠다, 창도 자주 써야겠네.'

성지한은 그렇게 생각하면서, 수련장을 나섰다.

그리고, 자신의 방에서 거실로 나오자.

"엇, 오너님! 오셨군요!"

거실에 있던 이하연이 그에게 황급히 달려왔다.

"대체 이게 무슨 일이에요? 레벨 4 오를 때만 해도 화들짝 놀랐는데, 4가 더 올랐네요!"

"아이템 업그레이드 좀 했습니다."

"……아니, 길드 옵션 레벨 +8 올리는 게 그렇게 쉬웠나요?"

"이제 더 오르진 않을 겁니다. 아이템이 EX급이 된지라."

"E, EX요?"

이하연은 성지한이 거론한 등급을 듣고는 귀를 의심했다.

EX면 아이템 등급 중에서도 최종단계인데.

이게 어떻게 수련장에 들어가서 하루 만에 뚝딱 만들어지나.

'아무리 오너님이라고 해도…… 아니, 오너님이니 가능한가.'

이하연은 말도 안 된다고 생각하다가, 그 대상이 성지한이자 그런 생각을 금방 접었다.

성지한이 이런 결과를 낸 게 어디 한두 번이던가.

그냥 혼자 다른 게임 하시는 분이니, 자긴 충실히 이를 서포트하면 되지.

"와…… 이럼 우리 길드 진짜 이러다 세계 1위 될지도 모르겠네."

"원래도 세계 1위 아닌가요?"

"종합 평가로 따지면 아메리칸 퍼스트는 그래도 이기기 힘들었는데, 봉황기 덕에 1위 자리도 노릴 수 있겠어요!"

"1위라……."

과연 무신과 싸우기 전에, 그걸 달성할 수 있으려나.

성지한은 슬쩍 웃으며, 눈을 빛내는 이하연에게 답했다.

"됐으면 좋겠네요. 1위."

"그래야죠! 근데 오너님…… 이 길드, 오너님 건데 너무 남의 일 이야기하듯 하시면 어떻게 해요~"

"요즘 워낙 싸우는 상대들이 성좌들이라 그런지, 길드까지 신경을 쓰기가 힘드네요."

"아…… 하긴. 성좌들이 오너님 손을 두고 토너먼트를 벌이는 상황이니."

성좌와의 전투에 비하면, 솔직히 대기 길드 문제야 사소하지.

이하연은 빠르게 오너의 무관심한 이유를 인정했다.

"그럼, 추가된 길드 옵션에 따른 일 처리, 부탁 좀 드리겠습니다."

"네. 대기 길드 지원자들 더 뽑도록 할게요. 그리고 기존 가입자들에게서도 GP 더 올려 받아야겠네요."

이하연이 그렇게 계산을 끝내고 있을 때.

=아, 윤세진 선수! 절묘한 방어입니다!

거실 TV에선, 한참 초심자의 아레나를 진행하고 있었다.

"저거 아직도 하나요?"

"이제 이번 경기만 끝나면 결승전 돌입해요. 다들 종족 보너스 뭐가 나올지 기대하고 있죠."

아레나의 주인이 인류를 밀어주기 위해 주최한 거 아니

난 의심을 받던 초심자의 아레나.

까다로운 조건을 걸어서 그런지, 이 조건에 부합하는 종족들끼리의 싸움에선 인류가 상당히 우위를 보이고 있었다.

"우승하면 과연 종족 보너스로 뭘 줄지 궁금하군요."

"사람들 사이에선 또 화속성 보너스 주는 거 아니냔 소리가 퍼지고 있긴 해요."

"그거 충분히 가능성이 있네요."

저번에 성지한이 토너먼트 승리 보상으로 얻은 종족 보너스도 화속성 친화도 +1에 체력 +3이었으니.

아레나에서 언제부턴가 미친 듯이 퍼주는 화속성 보너스 덕에, 플레이어가 아닌 일반인들도 또 저거 주는 거 아니냔 인식이 퍼져 가고 있었다.

'이번에도 화속성 주면 이건 랜덤으로 주는 게 아니라. 의도가 있다고 봐야 하는데……'

이번에 저 초심자의 아레나에서 무슨 보너스를 주는지, 살펴봐야겠군.

성지한은 그리 생각하면서 이하연에게 말했다.

"하연 씨, 저 그럼 레벨 업 좀 하고 오겠습니다."

"아, 챌린저 게임 말이죠? 네. 기다리고 있을게요. 10분이면 되죠?"

"매칭만 빨리 되면 10분도 길죠."

레벨 8 성좌랑 싸우는 마당에, 챌린저 리그 8 따위야.

성지한은 즉석에서 매칭을 돌렸고.

삑!

[게임이 매칭되었습니다.]

시스템 메시지가 떠오르자, 이하연에게 손을 흔들었다.

"그럼 갔다 오죠."

그리하여 들어서게 된 챌린저 게임에서.

"우리는 너희 행성의 위치를 알아냈다. 손을 내놓아라."

"그러면, 태양왕께서 살려 주실 것이나……."

"이를 거역한다면, 너희 행성이 불타오를 것이다."

"……뭐하냐, 니들?"

성지한은 다짜고짜 협박을 받았다.

* * *

"태양왕께서는 비정하시다."

"네가 제안을 수락하지 않는다면, 네 종족 모두를 불태울 것이다."

"하나 태양왕께서는 또한 관대하시다."

"손을 얌전히 내놓는다면, 너를 기꺼이 용서하실 것이다."

뭔 헛소리를 이리 길게 하나.

성지한은 눈앞의 상대를 바라보았다.

총 5명의 상대는 각자 종족이 각양각색이었지만, 모두에겐 공통점이 있었다.

머리 부분의 맨 끝이 활활 타오르고 있다는 것과.

[이것은 태양왕의 물건.]
[그분만이 소유할 수 있다.]
[탐하는 자, 삼족을 멸하리.]

얼굴과 몸 전체에, 노예의 낙인이 새겨져 있다는 것이었다.

그리고 이 글귀는 성지한도 예전에 본 적이 있었다.

'죽은 별의 성좌가 이걸 보여 줬었지.'

하나 문구 자체는 동일해도.

이들의 낙인과 죽은 별의 성좌에게 찍힌 낙인엔 결정적인 차이점이 있었다.

'이들의 낙인에는 힘이 느껴진다.'

낙인만 남아 있던 죽은 별의 성좌에 비해, 이들의 문자는 샛노랗게 빛나며 강렬한 불의 마력이 느껴졌다.

아무래도 활성화 상태인 것 같은 예속의 문구.

그리고.

['죽은 별의 성좌'가 1000만 GP를 후원했습니다.]
[뭐야 얘들, 노예 문구가 살아 있네? 이거 태양왕이 힘 넣은

건데…… 머리야! 애들한테 태양왕 어디서 봤는지 캐내 줘!]

　이런 추측은 죽은 별의 성좌가 보낸 후원으로 인해, 사
실이 되었다.
　"공짜로?"

[‘죽은 별의 성좌’가 1000만 GP를 후원했습니다.]
[당연히 대가가 있지! 내가 태양왕 잡는 거 도와줄게!]

　그건 그냥 자기 목적이랑 부합하는 것 같은데.
　성지한은 피식 웃으면서, 눈앞의 상대에게 물어보았다.
　"그래서, 그 태양왕께선 어디 있냐?"
　"너 따위가 알아서 무엇하려고 그러느냐."
　"니네한테 손 줬다가 먹고 튀면 어떻게 해. 줘도 직접
줘야지."
　"노예는 주인을 배신할 수 없다."
　그러면서 태양왕의 노예는 자신의 낙인을 가리켰지만.
　"아, 못 믿겠고. 어디 있는지 알려나 줘 봐. 그럼 태양
왕 사이즈 보고 드리던가 할게."
　성지한은 귀를 후비면서, 건성으로 대꾸했다.
　"건방진……!"
　"그분께서 어디 계신지는, 우리도 알지 못한다."
　"그럼 어떻게 전해 주려고?"

스윽.

성지한의 물음에, 노예 중 한 명이 자신의 머리 위에 타오르는 불길을 가리켰다.

"이리로 물건을 진상하면, 그분께로 갈 것이다."

"진짜? 신기하네."

"그러니 얼른 손을……."

"그것만 있으면 되겠네?"

성지한은 고개를 끄덕이곤, 봉황기를 꺼내 들었다.

혼원신공混元神功

천뢰용염天雷龍炎

용뢰龍雷

창끝에서 붉은 전류가 잠시 일렁이나 싶더니.

번쩍!

전방 다섯 플레이어의 몸이 순식간에 타오르며, 가루가 되어 사라졌다.

-?? 뭐지?

-창 꺼내자마자 죽네?

-전기 반짝하긴 했음;

-지금 성지한 님 레벨 8 성좌랑도 싸우는 몸인데, 이런 잡졸들이야 원샷이지 ㅋㅋㅋ

―그래도 태양왕의 부하라고 해서 뭐 좀 있는 줄…….

비명 소리도 내지 못하고 사라져 버린 5명의 부하.

그들이 남긴 건, 머리끝의 불길뿐이었다.

'까닥 힘 조절을 잘못했으면, 이것도 태워 버릴 뻔했군.'

업그레이드된 적운봉황기가 강력한 건 이미 테스트를 통해 알고 있었지만.

그래도 힘을 최소로 쓴 용뢰가 이리 강한 출력을 낼 줄이야.

['죽은 별의 성좌'가 1000만 GP를 후원했습니다.]

[으아아악, 머리야. 그렇게 죽이면 어떻게 해!! 태양왕 위치 어떻게 알아내려고……! 노예 각인 활성화 된 놈 찾기가 얼마나 힘든데……!]

"기다려 봐."

성지한은 죽은 별의 성좌의 메시지에 가볍게 대꾸하며, 저들이 남긴 불길을 모았다.

화르르륵…….

그러자 샛노랗게 불타는 불꽃.

숙주가 사라져서 그런가, 불의 크기는 사람 주먹보다 안 될 정도로 작아져 있었다.

'이리로 손을 넣으면, 태양왕한테 자동으로 전송된다고

했지.'

성지한은 그 불길을 물끄러미 바라보더니.

휙.

오른손을 넣었다가 뺐다.

그러자.

화르르륵……!

미약해져 꺼지려던 불길이, 한층 강렬해졌다.

"흠. 딱히 전송된다는 느낌은 없는데."

성지한이 그렇게 중얼거리며 계속 손을 넣었다가 빼자.

[드래곤 로드가 10억 GP를 후원했습니다.]

[성지한, 설마 태양왕에게 손을 넘길 생각이냐? 경거망
동하지 마라. 그는 거래할 상대가 아니다.]

[태양왕이 10억 GP를 후원했습니다.]

[내게 자비를 구하고 싶다면, 관리자의 손을 계속 넣고
있어라. 지금처럼 왔다 갔다 하지 말고.]

손에 관심이 많은 대성좌 둘이 10억 GP씩을 쏘면서,
한마디씩 꺼내기 시작했다.

* * *

−와, 대성좌들은 후원 단위가 다르네 ㅋㅋㅋ

-ㄹㅇ 죽은 별의 성좌가 1천만 GP 후원 쏠 때만 해도 엄청 많아 보였는데 ㅋㅋ 백 배 차이 실화냐?

-성지한 GP 얼마나 가지고 있을까?

-달러로 환산하면 인류 최고 부자 수준 되지 않겠어?

-길드로 벌어들이는 액수도 만만치 않으니까…….

대성좌들의 후원 액수를 보면서, 시청자들이 새삼 성지한의 재산 가지고 갑론을박을 벌일 즈음.

"야, 드래곤 로드. 너한테 이거 넘겨주려면 어떻게 해야 하냐?"

성지한은 자신의 손을 흔들면서, 그리 물어보았다.

[드래곤 로드가 10억 GP를 후원했습니다.]

[나에게 줄 것인가? 현명한 판단이다. 나는 널 후원하는 성좌이니, 성좌에게 '특별 진상'을 하면 넘길 수 있다.]

"아하, 그래? 간단하네. 봉인됐는데 괜찮겠어?"

성지한의 물음에, 지체없이 올라오는 후원 메시지.

[드래곤 로드가 10억 GP를 후원했습니다.]

[괜찮다. 손을 넘긴다면, 저번에 한 약속대로 100년간 용족의 통솔 권한과 1경 GP를 주지.]

확실히 안 내놓으면 죽여 버린다는 식으로 협박하는 태양왕보다는, 드래곤 로드 쪽이 더 협상 파트너로는 좋은 상대였다.

"봉인돼도 조건은 똑같네? 거래할 줄 아는구나."

스윽.

그러며 태양왕의 불에다가 손을 넣었다 뺀 성지한은.

"하지만 내가 아레나의 토너먼트에서 얻어 갈 게 있어서. 바로는 못 주겠다 야."

드래곤 로드에게 최종적으로, 손을 넘기지 않겠다고 이야기했다.

─결국 진상을 안 하겠다는 건가…… 이거, 결국 드래곤 로드를 농락한 거 아닌가?

─일개 플레이어가 대성좌한테 무슨 객기를 부리는지 모르겠군…….

─이러다가 용족 동원하면 어쩌려고?

외계의 시청자들은 이런 성지한의 대응을 보며, 처음엔 간이 부었다고 평가했지만.

"야, 그래도 태양왕이 진짜 지구로 쳐들어오면, 너한테 바로 넘겨줄게. 침략자 좋은 일은 시켜 주고 싶지 않으니까."

성지한이 추후 이야기하는 걸 들으며, 그가 왜 이렇게 나오는지 파악할 수 있었다.

-아, 자기네 행성 쳐들어오면, 반대편에 넘기겠다고 하는 거군.

-언제든지 나는 너의 경쟁자에게 넘길 수 있다…… 이걸 보여 주는 건가?

-에이…… 근데 설마 진짜 넘길까?

-저놈이라면 가능할지도 모름.

외계의 시청자들이 성지한이 진짜 줄까, 안 줄까 가지고 이야기를 나누고 있을 때.

[태양왕이 10억 GP를 후원했습니다.]

[허, 감히 나를 능멸하느냐? 이런다고 내가 침공하지 않을 것 같나?]

태양왕 쪽에서도 후원이 터져 나왔다.

대성좌들이 메시지를 보내니까, 오늘 무슨 특별 수금하는 날이네.

"그럼 와 보시든가. 뭐, 내가 너 같으면 굳이 이런 위험 부담을 감수하느니, 그냥 날 챌린저 리그 5까지 올리도록 도와줄 거 같다만."

성지한이 그렇게 챌린저 리그 5를 거론하자, 외계의 시청자들은 이에 주목했다.

-챌린저 5는 왜?

-그거야 뭐 안 도와줘도 금방 될 거 같은데…….

-그러니까 저 괴물을 누가 막음?

"챌린저 5가 되면, 대성좌들도 토너먼트에 참여 가능합니다. 거기서 저한테 이기고 가져가면 되죠."

[태양왕이 10억 GP를 후원했습니다.]

[하나 네가 그 전 토너먼트에서 패배하겠지.]

"그게 싫으면 빨리 리그 5로 올려 주든가."

성지한은 태양왕의 후원 메시지를 가볍게 받았다.

-성지한 속도 정도면, 챌린저 5도 금방 될 거 같은데…….

-이다음 토너먼트는 아니더라도, 다다음 토너먼트에선 가능하지 않을까?

-솔직히 저쪽 행성 갈 시간에 토너먼트 준비해서 나가는 게 더 현실적이겠네

-근데 성지한은 진짜 대성좌랑 토너먼트에서 싸울 생각인가? 제정신임?

-나 같으면 드래곤 로드한테 진작 넘겼다.

-ㄹㅇ 1경 못 참지 ㅋㅋㅋ

챌린저 리그 -5.

원래는 최상위의 리그로, 그 누구도 쉽게 볼 수 없는 단계였지만.

성지한 정도의 초월적 괴물이면, 이 정도는 금방 도달할 수 있었다.

그렇게 그가 챌린저 5가 되면, 토너먼트에서 대성좌랑 싸운다는 건데.

이를 피하려고 하진 못할망정, 빨리 챌린저 5로 만들어 달라고 역으로 제안하다니.

대체 이 인간은, 무슨 생각인 걸까?

외계의 시청자들은, 설마 성지한이 임시 관리자를 노릴 거라곤 생각도 하지 못한 채 의문만 품고 있었다.

그때.

[드래곤 로드가 10억 GP를 후원했습니다.]
[좋다. 네가 리그 5로 오를 수 있도록 도와주지. 기대하라.]

드래곤 로드가 먼저 성지한의 이야기를 받아들였다.

확실히, 이쪽이 대화는 잘 통하는군.

성지한이 그렇게 한참 채팅창과, 메시지들을 보면서 조율을 해 나갈 때쯤.

"저…… 지금. 저희 팀이 밀리고 있습니다만."

"참전하셔야 할 것 같습니다."

저벅. 저벅.

그의 옆으로, 외눈박이 거인 플레이어 둘이 다가왔다.

"아까 다섯 죽였는데요."

"그래도, 그쪽이 저희 팀 에이스이신데 아무 움직임이 없으시니……."

"이대로면 전장에서 밀립니다. 전진하셔야 합니다."

챌린저의 인베이드 게임, '대전장'.

100 대 100으로 난장판이 되어 싸우는 이 맵에서, 성지한이 속한 팀은 상대에 비해 전반적인 전력이 열세였다.

대신 이 힘의 추를 보완해 주는 게 바로 리그를 초월한 플레이어, 성지한이었는데.

그가 초반에 다섯만 잡고, 계속 대성좌랑 이야기만 나누고 있었으니 승리의 추가 저쪽으로 기울었던 것이다.

'서바이벌이 이래서 편한데 말이지.'

인베이드나 디펜스나.

팀원이 있는 게임 형식은 이래서 성가시단 말이지.

"잠시만요."

성지한은 채팅창에서 시선을 떼곤, 하늘 위로 올라가 전방을 바라보았다.

한참 치열하게 다투는, 챌린저 리그 5의 현장.

그는 거기서, 곧 상대의 핵심 전력을 발견할 수 있었다.

"저 애들 정리되면 할 만하겠습니까?"

"저쪽……."

"예, 저기가 상대 팀의 핵심입니다."

성지한이 가리킨 것은, 30여 명으로 이루어진 상대 팀 부대.

각양각색의 종족이 유기적으로 움직이며, 전력이 상대적으로 약한 아군을 손쉽게 요리하고 있었다.

저들만 사라져도, 밀리던 게임은 다시 균형점을 되찾을 수 있겠지.

"그럼 일단 저거만 잡죠."

스윽.

성지한은 그리 말하며, 봉황기를 하늘로 던졌다.

혼원신공混元神功

천뢰용염天雷龍炎

천룡뇌화天龍雷火

창이 사라지자, 곧 붉게 물드는 하늘.

그 안에서, 빛이 바닥으로 내리치자.

30명의 챌린저 8 플레이어들뿐만이 아니라.

그 주변의 아군, 적군 할 것 없이 모두가 적광에 잠겨 사라졌다.

예전에는 하늘에서 불줄기가 쏟아져 내렸다면.

이제는 붉은빛이 모든 걸 소멸시키고 있었다.

"어……."

"저, 저기…… 저, 저희 팀도 다, 전사했습니다만……."

"아, 이거 미안합니다. 다 쓸어버렸네."

힘 조절 했다고 생각했는데.

적운봉황기가 스탯 적을 뻥튀기하는 성능이, 아무래도 생각보다 훨씬 좋은 것 같았다.

"이러면 저희랑 저쪽 전력 차, 어떻게 됩니까?"

"그, 좀, 많이 나아졌습니다……."

"그래요. 그럼 조금 있다 다시 전투 참여할게요. 먼저 가 보시겠어요?"

"아, 알겠습니다!"

성지한이 손가락으로 전장을 가리키자, 황급히 떠나는 외눈 거인들.

성지한은 그런 팀원을 잠시 지켜보다가, 바닥에 남겨 두었던 불길로 시선을 돌렸다.

숙주가 없어져, 거의 꺼져 가는 태양왕 노예의 불꽃.

그는 이를 가만히 지켜보다가, 천천히 입을 열었다.

"야, 태양왕. 너도 나 후원해라."

2장

2장

　–갑자기…… 후원?
　–성좌 후보자가 대성좌를 뜯어먹으려 하네;
　–태양왕에게 저렇게 나오다니, 진짜 겁도 없다 얜.
　–그의 악명을 모르니까 저러는 거 아니겠음?

　갑작스레 성지한이 꺼낸 후원 요구에, 시청자들은 모두
황당해했다.
　태양왕의 노예를 태워 버리는 등, 지금까지 극렬하게
대립하고 있었으면서.
　뭔 갑자기 후원이야?

　[태양왕이 10억 GP를 후원했습니다.]

[미친 거냐?]

그리고, 이에 즉각적으로 튀어나오는 태양왕의 반응.

성지한은 이 메시지를 보면서 씩 웃었다.

"드래곤 로드한테는 '특별 진상'으로 손을 넘길 수 있지만, 너한테는 안 되잖아? 드래곤 로드가 이쪽으로 쳐들어오면 너한테 손을 넘겨야 할 텐데 나에겐 그럴 방법이 없거든."

성지한 입장에선, 태양왕보다는 드래곤 로드가 그나마 우호적인 대성좌이긴 했지만.

그래도 둘 다, 적색의 손을 원하는 괴물임은 변함없는 사실이었다.

드래곤 로드가 겉으로 드러나는 태도가 더 우호적이라고 믿고 있다가 뒤통수를 맞느니.

서로가 서로를 견제할 수 있는 수단을 마련하는 게 나았다.

'특별 진상으로 손을 대성좌에게 보내는 방법은, 태양왕에게도 적용이 되어야지.'

이렇게 성지한이 자신의 뜻을 밝히자, 시청자들은 그제야 그의 제안을 이해했다.

─오…… 서로 억제 역할을 하라는 거네.

─드래곤 로드도 온전히 믿을 상대는 못 된다 이거지.

—하긴 드래곤 로드도 음흉하기로 유명했음 믿고 갈 상
대는 아니야.

—그냥 둘 다 허튼 수 쓰지 말고 토너먼트 나오라는 거
군.

그리고 이 제안의 진의를 이해한 태양왕 쪽에서도, 바
로 메시지가 도착했다.

[대성좌 '태양왕'이 당신에게 관심을 보입니다.]
[그가 당신에게 후원을 하고 싶어합니다. 받아들이시
겠습니까?]

자존심 세 보이더니, 그래도 실리를 저버리진 않는군.
성지한은 이를 물끄러미 바라보다가, 예를 눌렀다.
그러자.

[플레이어 성지한이 대성좌 '태양왕'의 후원 제안을 받
아들입니다.]
[대성좌 둘의 후원을 받았습니다.]
[플레이어의 주목도가 기준치를 넘어, 신성新星의 레벨
이 2로 오릅니다.]

'······이게 왜 올라?'

스타 버프의 범주에 있던 신성 레벨 효과가, 대성좌의 후원을 받았다면서 올라 버렸다.

이건 전혀 예상치 못한 효관데.

'이놈들이랑 엮이지 않았으면, 이 레벨 업 조건은 전혀 몰랐겠어.'

성지한은 그리 생각하면서, 신성 레벨 2의 효과를 지켜보았다.

[모든 능력치가 130퍼센트 증폭됩니다.]

[지정된 한 능력치의 증폭 효율을, 40퍼센트 더 늘릴 수 있습니다.]

신성 레벨 1에 비하면 모든 능력치는 10퍼센트 더 상승, 지정 능력치도 10퍼센트 더 상승한 건가.

이 정도면, 의도치 않은 보상 치곤 괜찮군.

성지한은 입꼬리를 올렸다.

"그럼. 태양왕도 후원 성좌가 되었겠다…… 오늘 게임은 이만 끝내도록 하죠."

성지한이 머리 위로 팔을 들자.

조금 전, 하늘로 던졌던 봉황기가 저절로 그의 손에 들어왔다.

천룡뇌화로 아군까지 쓸어버렸으니, 이젠 그 몫까지 해야겠지.

그렇게 성지한이 나서려 할 때.

[대성좌 '태양왕'이 후원 성좌가 된 것을 기념하여, 특별히 하사품을 내리겠다고 합니다.]

화르르륵······!
꺼져 가던 태양왕 노예의 불씨가 강렬해졌다.
"갑자기 뭔 하사품?"
달라고 하지도 않았는데, 굳이 후원 물품을 만들어 주다니.
수상쩍은데.

[대성좌 '태양왕'이 기회가 자주 오는 게 아니라면서, 플레이어가 지닌 태양핵 조각을 꺼내라고 합니다.]

"태양핵 조각?"

[대성좌 '태양왕'이 메칸의 행성에서 얻은 게 있지 않냐며 플레이어에게 추궁합니다.]

"아."
성지한은 그 말에, 태양핵 조각에 대해 떠올렸다.

-그건 메칸의 행성 중심에 있던 태양핵이야. 3개 있었는데 2개는 내가 태양왕 추적용으로 쓰려고.

성지한이 메칸 행성과의 스페이스 리그 경기 중, 그들과 태양왕간의 관계를 밝혀내자.

죽은 별의 성좌가, 직접 나서서 메칸 행성을 휩쓸어 버리고 채취했다던 태양핵 조각.

두 개는 자신이 태양왕 추격용으로 가져가고, 하나는 기념으로 준다 했었지.

성지한은 인벤토리 구석에 처박혀 있던 태양핵 조각을 꺼냈다.

[빛을 잃은 태양핵 조각]
-등급 : SS
-대성좌 태양왕의 권능이 부여된 태양핵 조각.
-충전이 필요한 상태입니다.

빛을 잃었음에도, 아이템 등급이 SS인 태양핵 조각.
"이거 말하는 거냐?"

[대성좌 '태양왕'이 불에 태양핵을 가져오라고 합니다.]

태양왕이 이렇게까지 하사품을 건네주려고 하다니.

〈54〉 2레벨로 회귀한 무신 20

'백프로 저기에 장난을 쳐 뒀겠군.'

성지한은 그리 확신하면서도, 일단은 태양핵을 불 속에 넣어 보았다.

그러자.

슈우우우…….

불씨가 순식간에 태양핵에 흡수되며, 태양핵 조각에 노란빛이 일렁였다.

[활성화된 태양핵 조각]

−등급 : SS+

−대성좌 태양왕의 권능이 부여된 태양핵 조각.

−빛을 충전하기 시작한 상태입니다.

−태양 빛을 계속 내리쬐면, 보다 발전된 태양핵으로 업그레이드됩니다.

[대성좌 '태양왕'이 빛 아래 태양핵을 놔두면, 이것이 스스로 발전할 거라고 알려 줍니다.]

성지한은 그 메시지에, 입꼬리를 슬쩍 올렸다.

언제부터 이렇게 친절해지셨어?

그래도 일단은, 넘어가 주는 척해야겠군.

"알았다. 잘 받지."

성지한은 인벤토리에 다시 활성화된 태양핵을 수납한

후, 발걸음을 떼었다.

그렇게 나선 전방에는.

"크, 크으윽⋯⋯!"

성지한에게 아까 참전해 달라고 부탁했던 외눈박이 거인이, 쓰러지고 있었다.

"오, 아직 살아 있었네요?"

"다, 당신은⋯⋯."

"이제 게임 끝낼 겁니다. 승리 보상 얻고 싶으면, 죽지만 마세요."

외눈박이 거인은 그 말을 듣자, 이를 악물며 자신의 상처를 손으로 감쌌다.

성지한이 아까 보여 주었던 무공을 생각해 보면, 이는 충분히 실현 가능한 이야기였으니까.

하지만.

"하. 저렇게 살아 봤자 뭐 한다고⋯⋯."

"게임을 끝내? 작아서 제대로 보이지도 않는 종족이 허세만 강하군."

"저자, 내 손보다도 작다."

"빨리 끝냅시다. 챌린저 7 가야죠."

성지한의 건너편에 있는 상대 종족 무리는, 불행히도 그를 알아보질 못하고 알아서 다가와 주고 있었다.

-성지한 모름 쟤네?

-세상 모든 플레이어가 성지한을 다 아는 건 아님 ㅋ
나도 적멸 때문에 최근에 유입됨.
  -그래도 재넨 같은 챌린저잖아.
  -챌린저라고 상대 선수들 다 알겠냐…….
  -아까 하늘의 불길 쓴 플레이어가 이 사람이라곤 전혀
생각 안 하는 듯.

  어떻게 성지한을 아직도 모르냐는 반응과.
  유명해진 지 얼마나 됐다고, 플레이어들이 알아야겠냔
반응이 공존하는 가운데.
  "알아서 와 줘서, 고맙다 애들아."
  스으윽.
  성지한이 쥔 봉황기가, 가벼이 움직였다.

  혼원신공混元神功
  삼재무극三才武極
  횡소천군橫掃千軍

  치이이이익!
  일직선으로 그인 궤적.
  "어…….”
  "뭐, 뭐냐. 이건.”
  "재생이 안 돼…….”

성지한을 크기로 그대로 짓밟으려던 상대 플레이어들은.

모조리 몸이 갈라진 채, 순식간에 불길에 휩싸였다.

스으으…….

얼마 타오르지도 않고, 순식간에 재가 되어 사라진 적.

-뭐, 이젠 알게 되겠네…… 성지한.

-쟤들은 평생 못 잊지 ㅋㅋㅋ 다 이긴 겜 내줬으니까

채팅창에서 이러한 메시지가 올라올 때.

"뭐, 뭐야……!?"

"왜 갑자기 몸이……!"

횡소천군의 힘이 끝도 없이 퍼지며, 대전장에 살아남은 플레이어를 모조리 반으로 잘라 내고 있었다.

데굴. 데굴.

외눈박이 거인은, 누운 상태로 정처 없이 눈동자만 움직였다.

'저 사람의 뒤에 있어서 망정이지, 앞에 있었다면…….'

자기도 저렇게 몸이 갈려서, 불타 버렸겠지.

그리고 얼마 지나지 않아.

[게임이 종료됩니다.]

외눈박이 거인의 눈앞에, 게임 종료 메시지가 떠올랐다.

분명 이 대전장은, 100 대 100으로 맞붙는 거대한 전장터였는데.

저 조그만 플레이어가 혼자서 창 던지고, 휘두르니까 폭파되어 버렸군.

거인은 생각했다.

'……당분간은 매칭 돌리지 말자. 저 괴물이 더 높은 리그로 올라갈 때까진.'

이번에야 공짜로 승리를 얻었다지만, 다음엔 저자를 적으로 만날지도 모르니까.

적이 돼서 이렇게 한 큐에 쓸려 버리면, 배틀넷에서 노력해 봤자 뭐 하냔 회의감이 들 것 같았다.

'……좋아. 휴가나 가자.'

외눈박이 거인은, 그렇게 성지한을 보면서 일주일 휴가를 결심했다.

* * *

게임 종료 후.

'이놈부터 살펴봐야겠군.'

성지한은 바로 공허의 수련장에 들어서서, 태양왕이 충전해 준 태양핵을 꺼냈다.

지이이잉…….

수련장 내부에 태양 빛이 없어서 그런가.

빛을 흡수하는 모습은 없고, 그저 은은히 노란빛만을 뿜고 있는 태양핵.

"어디. 맵 설정을 바꿔 보면⋯⋯."

성지한은 수련장 내부의 맵을, 조금 전.

태양이 있던 대전장 맵으로 바꿔보았다.

그러자.

번쩍!

빛을 발하면서, 대전장 맵의 태양 빛을 잠깐 흡수하나 싶던 태양핵은.

'또다시 원래 모드로 바뀌었네.'

빛을 더 이상 먹어치우지 않고, 아까 같은 상태로 변해 있었다.

인공 태양 빛은 안 흡수한다 이건가?

'흠⋯⋯ 태양왕 놈이 그냥 줬을 리가 없지. 분명히 뭔가가 있을 거다.'

성지한이 그렇게 확신을 가진 채, 태양핵을 살피고 있을 때.

[본체⋯⋯ 그거. 뭐임?]

봉인되어 있던 적색의 손이, 태양핵에 자극을 받은 건지 눈을 살짝 떴다.

"태양왕이 준 물건이다. 태양핵 조각."

[태양핵⋯⋯ 나, 그거 먹으면 봉인 해제 확률 1퍼센트 올라갈 거 같음. 먹이로 줘.]

뭐 당연하다는 듯이 내놓으래 이 손은.

성지한은 미간을 찌푸렸다.

"야, 이건 안 돼."

[왜 안 됨?]

"태양왕 놈이 순순히 이런 물건을 줄 애가 아닌데 줬거든. 분명히 여기다 장난을 쳤을 거란 말이지."

[난 거기에 뭐 했는지 알 거 같음.]

"오. 그래? 뭔데?"

역시 관리자의 손인가.

알아채는 게 빠르군.

성지한의 물음에, 적색의 손이 대꾸했다.

[이런 인공 태양 빛 말고, 현실에서 태양 빛을 모으면 태양현신 기능이 발동할 거임.]

"태양현신?"

[그게 발동되면, 태양왕이 저 핵을 부수고 튀어나올 것임. 핵 아래 자세히 봐 보셈. 문자 있음.]

성지한은 그 말에, 태양핵을 들어 보았다.

태양핵의 아래 부분에는, 세밀히 주의를 기울이지 않고서는 전혀 보이지 않을 정도로.

아주 미세한 문자가 새겨져 있었다.

'태양현신'으로 읽히는, 글자가.

"태양왕에 대해, 상당히 잘 아는데? 무슨 관계였냐 너랑은?"

[태양왕은 적색의 관리자의 제자였음. 스승의 재능에는 영 못 미치는, 그저 일꾼으로 쓰기에만 적당한 제자.]

"그가 제자라고? 그래도 드래곤 로드보단 낫네."

드래곤 로드는 관리자의 탈 것이라고 들었으니까.

성지한의 말에 손은 눈동자를 굴렸다.

[무슨 소리임? 제자보다 탈 것이 더 대우받았음.]

"……그래?"

[당연한 거 아님? 하인, 아니 제자보다 애완동물이 더 귀엽잖음.]

"드래곤 로드가 귀엽냐."

[적색의 관리자가 되면 알 것임. 꽤 귀여움.]

적색의 관리자가 되어야 알 귀여움이면, 평생 모르겠군.

성지한은 피식 웃으며 태양핵을 바라보았다.

태양 빛을 받으면, 태양왕이 소환된다 이거지…….

[그럼 궁금증 풀렸을 테니 그거 먹이로 주셈.]

"야. 나중에 더 좋은 거 줄게. 이건 따로 쓸 데가 있을 거 같거든."

[아니. 그거 먹어야 함……! 그래야 봉인을 해제할 수 있음!]

"좀 기다려 봐."

[으. 힘, 힘이…… 망할 봉인……!]

성지한은 손이 타이밍 좋게 봉인되는 걸 지켜보다, 다

시 시선을 태양핵으로 돌렸다.

'태양핵. 이거, 잘 써먹으면 파괴력이 상당하겠는데.'

태양왕을 부를 수 있는 돌멩이를 먹이로 주기엔, 너무 아깝지.

성지한의 두 눈이 강하게 번뜩였다.

* * *

며칠 후.

[챌린저 리그 7로 승급했습니다.]

성지한은 빠른 속도로 챌린저 리그에서 순항하고 있었다.

애초에 고위급 성좌들과 싸우던 그이니만큼.

챌린저 리그 정도야, 너무나도 손쉬운 무대였다.

그는 다음 스텝에 대해 생각해 보았다.

'리그 5까지 가야 대성좌를 토너먼트로 불러낼 수 있고, 그들을 거기서 꺾어야 임시 관리자가 된다.'

이럼 지금 직면한 숙제는, 일단 챌린저 리그 5까지 가는 것.

이건 현재 챌린저 리그에서 성지한이 보여 주는 퍼포먼스를 보면, 금방 도달할 것 같았지만.

[챌린저 리그 6으로 승급하기 위해선, 레벨이 600 이상이 되어야 합니다.]

승급에서, 생각지도 않은 문제점이 드러났다.

'지금 레벨은…… 581인가. 사실 이 속도면 엄청 빠른 성장 속도이긴 한데.'

500레벨을 넘어서 챌린저 리그에 올라온 지 얼마나 되었다고, 벌써 600을 바라보고 있는 성지한이었지만.

그로서는 이 속도도 뭔가 아쉬웠다.

빠르게 챌린저 5까지 치고 올라가야 하는데, 이러면 한 번 가로막히는 것 같단 말이지.

'그래도 이러면 토너먼트에서 한 타임 정도는, 대성좌를 안 만나게 되겠네. 그때까지 준비를 철저히 하는 게 낫겠어.'

성좌를 한 단계 초월하는 존재, 대성좌.

사실, 성지한처럼 성좌 후보자가 덤비기에는 격이 다른 상대였다.

오죽했으면, 이그드라실이 이를 임시 관리자가 될 수 있는 '놀라운 업적'이라고 하겠나.

'대성좌와 싸우기 가장 적합한 때는, 레벨 700이 넘어 성좌가 되기 직전의 시기겠지.'

성좌가 되고 나면, 관리자가 될 업적을 클리어할 수 없으니까.

700레벨 부근에서, 대성좌를 이기고 임시 관리자가 되면 완벽한데 말이지.

어쨌거나 챌린저 리그 6 승급에 레벨 제한이 걸린 것 자체는 나쁘지 않았다.

최대한 성장하고, 대성좌에게 도전할 수 있으니까.

다만 마음에 걸리는 건.

'다음 토너먼트에선, 무신이 동방삭을 출전시킬 수도 있겠군.'

무의 정점이자, 배틀넷에선 '우주천마'로 불리며 성좌들에게 공포의 대상인 동방삭.

그가 만약 출전해 결승까지 온다면, 대성좌와 싸우기 위해 준비해 두었던 것들을 여기에 써야 할지도 몰랐다.

'그리고 그렇게 모든 걸 총동원해도, 그에게서 쉽게 승리를 따낼 수 있을까는 회의적이란 말이지…… 웬만하면, 안 만나는 게 좋은데.'

아소카의 말에 따르면, 동방삭도 투성의 내부에서 무신을 방해하기 위해 준비를 하는 것 같은데.

토너먼트에서 만나기라도 하면, 서로 힘만 빼는 결과가 나올 거 같단 말이지.

'이번 토너먼트에서 동방삭이 못 나오는 게 베스트인데.'

성지한은 그리 생각하면서, 천천히 입을 열었다.

"여러분. 챌린저 7이 되었습니다만, 문제가 생겼네요."

-문제?
-오늘도 게임 혼자서 터뜨려 놓고는 무슨 문제?

"레벨이 낮아서, 챌린저 6을 못 간다고 합니다. 일주일 남은 다음 토너먼트까지 챌린저 5를 달성하려고 했는데 말이죠."

성지한의 말에, 오늘의 게임이 끝나서 채팅창을 떠나려 던 시청자들이 들썩였다.

-?? 뭐? 레벨이 낮아서 리그 승급을 못 해?
-그게 가능함? 저렇게 센데?
-레벨이 대체 몇인데요?

"581이네요."

-아니 600도 안 됐어? ㅋㅋㅋㅋㅋ
-성좌에 근접한 줄 알았는데 아직 멀었네.
-챌린저 리그에 구르는 애들 대부분 레벨 600 가뿐히 넘어서, 이런 제한이 있을 거라곤 전혀 생각 못 함.
-그러니까 레벨 600 제한 같은 게 있었구나…….

챌린저 리그에 구르는 플레이어들은 대부분이 레벨

600이상이고.

챌린저 6 이상을 바라보는 플레이어들은 레벨 700이 넘은 이들이 대부분이었기에, 리그 승급에 이런 레벨 제한이 있을 줄은 시청자들도 알 도리가 없었다.

"이럼 다음 토너먼트 땐, 대성좌들이 못 참가하시겠네요. 레벨이 도저히 안 되니까."

성지한이 그리 말하며 어깨를 으쓱하자, 채팅이 올라왔다.

-그럼 좋은 거 아님? 토너먼트에서 대성좌 만날 필요 없잖아요 ㅋㅋㅋ

-근데 리그 6에도 제한이 있으면, 리그 5에도 제한 있는 거 아닌가? 한 650 정도로

-그러게 거기도 레벨 제한이 있으면, 이번 토너먼트 말고 그다음 토너먼트에서도 대성좌는 참여 못 하지 않을까?

-지금 레벨 581이면, 다다음 토너먼트까지 650 도달하는 건 무리겠네

-그치 ㅋㅋㅋ 원래 저런 초고렙이면 1 오르는 것도 느려 성지한 속도가 미친 거지.

시청자들 말대로, 챌린저 리그 6에도 레벨 제한이 있으면, 5에도 있을 법했다.

이러면 적색의 손을 두고 다투는, 다다음 토너먼트에까

지 대성좌들이 참여를 못 하는 건가.

"일단은 레벨 업, 열심히 해 보겠습니다. 1일 1회만 게임에 참여할 수 있는 여건상, 한계가 있지만 말이죠."

성지한은 그렇게 말하면서 배틀튜브를 끄려고 했다.

그때.

[대성좌 '드래곤 로드'가 레벨 업을 하고 싶다면, 스페이스 리그에서 용족과의 경기에 꼭 출전하라고 합니다.]

드래곤 로드의 메시지가 떠올랐다.

이거.

예전에도 한 번, 이그드라실 상대로 비슷한 경험을 했던 거 같은데.

"왜. 용족들을 경험치로 쓰게 해 주려고?"

[대성좌 '드래곤 로드'가 이그드라실 때보다 더 확실히 밀어주겠다고 합니다.]

그때보다 더 밀어준다니.

성지한은 눈을 깜빡였다.

대체 뭘 어떻게 하면, 엘프보다 밀어준다고 자신하지?

'그때 세계수 엘프 55가 이그드라실의 강림으로 멸족했는데.'

멸족의 대가로 성지한이 받은 레벨 업 효과는, 겨우 20에 지나지 않았다.

그거보다 더 통 크게 레벨 업 해 주는 게 가능하긴 한가?

성지한은 이런 의문이 들었지만.

"……뭐, 알겠다. 스페이스 리그엔 참전하지."

일단은 제안을 받아들이고, 배틀튜브를 껐다.

그러고, 거실로 나오자.

"어. 삼촌! 딱 타이밍 좋게 게임 끝냈네?"

활을 꺼내 만지고 있던 윤세아가, 성지한에게 손을 흔들었다.

* * *

"뭔 타이밍?"

"아, 혹시 까먹었어? 오늘 결승전 날이잖아!"

"결승전이면…… 초심자의 아레나?"

"응."

성지한의 토너먼트와 비슷한 시기에 시작했지만, 아직까지 끝이 나지 않았던 초심자의 아레나.

인류는 간혹 고비도 있었지만, 결국 연승행진을 거듭하며 결승전까지 도달한 상태였다.

"과연 이번에 이기면 진화 보너스 뭐 줄까? 맨날 우리가 삼촌 덕만 봤는데, 이번엔 우리가 처음으로 도움이 되겠네."

"뭐, 처음이랄 것까지야······."

아니. 처음 맞나?

성지한은 그동안 인류의 진화 보너스를 벌었던 걸 떠올리며, 피식 웃었다.

진짜 내가 다 벌어 오긴 했네. 진화 보너스.

한편.

스으으······.

[세아야. 끝났어. 몸조심하고. 공허에 이상이 있다 싶으면 그냥 항복해. 알았지?]

"알았어. 엄마."

윤세아의 옆에 둥둥 떠 있던 성지아는.

그녀에게 공허를 부여하면서, 신신당부했다.

'이게 불사의 축복과 비슷한 효과를 내는 건가.'

초심자의 아레나 인류 대표팀의 구성원 중, 궁수임에도 전방을 담당한 윤세아.

그녀가 앞에 나선 건, 모두 전사 역할을 100퍼센트 수행할 수 있는 언데드 효과를 누려서였다.

만약 그녀가 언데드 효과를 발동하지 못했다면, 아무리 초심자의 아레나가 인류 맞춤형으로 치러졌다 한들.

4강이나 8강에서 떨어졌을 거라는 게, 전문가들의 일치된 견해였다.

성지한은 공허의 기운을 품고 있는 윤세아를 바라보았다.

"여기서 불사의 축복까지 써 주면, 너무 과하겠지?"

[어, 지한아. 그럴 필요까진 없어.]

"그래. 잘 갔다 와. 종족 보너스 나도 얻어먹어 보자."

"좋은 거 가지고 올게. 기대해~"

번쩍!

그렇게 공허 버프를 장착하고, 사라지는 윤세아.

그녀의 모습은 곧, TV 화면 속에 나타났다.

=드디어 오늘, 초심자의 아레나 결승전이 시작됩니다!

=많은 우여곡절이 있었습니다만, 그래도 인류 대표팀. 여기까지 순항한 편이죠!

=성지한 선수가 참여할 수 없는 게임이었는데도, 결승 전까지 올라온 건 역시…….

=윤세아 선수가 가장 큰 역할을 했습니다!

그러면서 화면에서 클로즈업되는 윤세아.

보랏빛 공허의 기운이 은은히 피어올라 있는 그녀는, 아예 포지션을 윤세진과 나란히 앞으로 잡고 있었다.

=전방 전력이 부족한 인류 대표팀에서, 윤세아 선수는 자신의 포지션이 아님에도 완벽하게 커버를 해 주었습니 다.

=이번 결승전에서 인류가 승리한다면, 이번 아레나

MVP는 이견 없이 윤세아 선수를 꼽을 정도로요!

=결승전 상대 종족도 꽤 강력한 모습을 보이긴 했지만…… 인류 대표팀의 전력이, 객관적으로도 더 좋아 보입니다!

=아. 경기, 시작합니다!

그렇게 시작한, 초심자의 아레나 결승전.

종족 보너스를 두고 치열한 경쟁을 뚫고 올라온 두 종족의 전투는.

"……생각보다 우리가 너무 유리한데?"

뚜껑을 열어 보니, 인류가 압도적으로 리드를 하고 있었다.

=아. 상대 플레이어 한 명이 벌써 치명상을 입습니다!

=붉은 리자드맨, 입을 열어 불길을 쏩니다만…….

=윤세진 선수의 검기에, 불이 가볍게 사라지는군요!

=이 종족. 결승전까지 온 종족 맞나요? 4강전, 8강전 때 보여 주었던 강력한 퍼포먼스가 전혀 나오질 않고 있어요!

인류의 결승전 상대는, 붉은 피부의 리자드맨.

이족보행하는 이 도마뱀 인간은, 입에서 용처럼 강렬한 불길을 뿜어내는 것이 특징이었다.

이들은 지금껏 전투 때마다 기습적으로 입을 벌려 브레스를 쏘면서, 결승까지 승리를 따왔지만.

[저 리자드맨, 우리랑 상성이 안 좋네.]

"그러게."

종족 진화 보너스에서, 화속성 친화도가 크게 올랐던 인류 상대론.

저 불길이 그렇게 큰 위력을 발휘하지 못했다.

—크. 파, 파이어 브레스가……!

—이렇게 허무하게 막히다니…….

—그냥 일반적인 종족 아니었나? 불 저항력이 왜 이렇게 강해…….

회심의 공격이 손쉽게 막히자 당황하는 상대 팀.

인류 대표팀은 그런 이들에게 맹공을 거듭했고.

=상대 팀 선수. 또 한 명 쓰러집니다!

=어. 이거 이러다 4강전보다 더 빨리 끝나겠어요!

=오늘은 윤세아 선수까지 나서서 막을 필요도 없군요! 윤세진 선수 혼자서도 충분히 감당할 만큼, 적의 공격이 위협적이지가 않습니다!

=이거, 승기를 잡았어요!

전 인류가 진화 보너스를 기대하고 지켜본 아레나 결승전은, 순식간에 끝을 보이고 있었다.

[지한이 네가 지금까지 벌어 온 화속성 친화도가 빛을 발했네.]

"뭐 나라고 그게 좋아서 고른 건 아니야. 주는 대로 받아 온 거지."

[그래? 근데 이번에도 화속성 친화도가 오를까?]

"……글쎄다."

성지아와 대화를 나누던 성지한은 그 물음에 미간을 찌푸렸다.

지금까지 화속성 친화도 받은 걸 떠올리면, 우연의 일치라고 하기엔 너무 연속적으로 나왔지.

'이번에도 이게 나오면, 완전히 의도된 거라고 봐야 할 터.'

성지한은 그리 생각하면서, 게임 종료를 기다렸다.

화면 속에서, 일방적으로 진행되던 전투는.

=아. 윤세아 선수!
=화살로 마지막 리자드맨 선수의 머리를 꿰뚫습니다!
=우승, 우승이에요!
=인류 대표팀이 초심자의 아레나에서 우승합니다!

상대의 머리를 뚫는 윤세아의 막타로, 끝이 났다.

=성지한 선수 없이도, 이런 쾌거를 이룩하는군요……!

=처음에는 성지한 선수가 출전하지 못한다고 해서 걱정이 많았는데. 대표팀, 기대 이상의 성적을 올립니다!

그러며 해설자들의 입에서 출전도 안 한 성지한의 이름이 계속 거론되자, 성지아가 말했다.

[너 없이 이긴 게 그렇게 기쁜가 봐. 해설자들은. 계속 네 이야기네.]

"나 없이 이겨 본 적이 별로 없거든. 이거 나름 기념할 일이지."

성지한은 그리 대꾸하면서, 우승 보너스를 기다렸다.

'맨날 내가 타다가, 남이 타 주는 걸 보게 되겠네.'

과연 뭐가 나올까, 잠깐 대기를 타자.

띠링!

그의 눈앞에 메시지창이 떠올랐다.

[특별 보상, '종족 진화 보너스'가 주어집니다.]

[화속성 친화도가 +5 상승합니다]

[힘이 +3 상승합니다.]

[민첩이 +3 상승합니다.]

총 세 개의 항목에서 진화 보너스를 받은 인류.

이중 힘와 민첩의 상승은 근래 별로 없어, 반길 만한

것이었지만.

"또 화속성이야?"

[……진짜 뭐 있나? 왜 이거만 걸려?]

이번에도 주어진 화속성 친화도는, 사정을 모르는 사람들이 보기에도 이상함을 느끼게 만들었다.

대체 지금까지 화속성 보너스 받은 게 대체 몇 개야 이러면.

그때.

스으으…….

[보, 본체…… 뭐 했음? 봉인이, 약해짐.]

눈을 감았던 적색의 손에서, 예전보다 기운찬 음성이 들려왔다.

'초심자의 아레나 보상으로, 인류 전체의 화속성 친화도가 올랐어.'

[또? 뭐임. 대체. 공허가 주최한 경기 아니었음, 그거?]

'그치.'

[공허가 적색을 도와줄 리가 없는데…… 이상함.]

화속성 친화도에 직접적인 수혜를 입었음에도, 보너스 준 게 공허라 그런지 이를 의심스러워하던 적색의 손은.

[어쨌든 이 기회, 놓칠 수 없음. 좀 더 회복하고, 봉인해제 시도해 보겠음. 본체도 빨리 무기 찾아보셈.]

'알았다.'

봉인 해제를 본격적으로 해 보겠다면서, 다시 잠수를 탔다.

'공허의 이번 보상은, 적색의 관리자에게 도움만 되는 행위인데 말이지……'

이놈들, 대체 무슨 생각이지?

성지한이 공허 쪽의 의도에 대해, 의구심을 품고 있을 때.

부르르르…….

그의 핸드폰이 때마침, 마구 진동하고 있었다.

'누구지?'

성지한이 화면을 터치하자.

[성지한!]

[내가, 내가 왔다!]

[내가 이대로 죽을 쏘냐…… 복수한다. 그리고 씨를 뿌릴 것이다!]

[야. 뭐 하고 있지?]

[대답해라. 대답해라! 성지한. 내 메시지. 설마 안 보이냐……!]

거기에선, 하프 엘프 커뮤니티를 통해 연락하겠다던 길가메시가.

그 아이디로 메시지를 쏟아 내고 있었다.

"……뭐야. 살아 있었어?"

성지한은 핸드폰의 메시지를 보며 생각했다.

'길가메시는 분명 피티아에게 방패로 쓰이고, 빈사 상태가 되었을 텐데.'

그 상태에서 만약 피티아가 그를 제거하려고 마음먹었다면, 얼마든지 제거할 수 있었을 것이다.

하나 그러지 않고, 이렇게 살아 있다는 건…….

'아직 저들에게 길가메시의 이용 가치가 남아 있던 건가.'

씨는 없어도, 아직 써먹을 데가 있나 보군.

성지한은 씨를 뿌릴 거라는 길가메시의 메시지를 차가운 눈으로 바라보다가, 그에게 일단 응답했다.

[너 안 죽었냐?]

[오, 응답했구나! 다행히 메시지가 잘 갔나 보군……!]

성지한의 대답에, 즉각 답이 오는 길가메시.

[질문에 답부터 하지그래.]

[아, 그래. 안 죽었냐고 했지? 네 망할 불길에 의해 죽을 뻔했다만, 이놈들이 날 살렸다…….]

[왜 굳이? 씨도 없는 널 살렸냐?]

[씨가 없긴……! 그 말, 믿을 수 없다! 피티아의 말은 거짓일 것이다. 인류의 시초인 내가 후손을 못 볼 리가 있겠나? 실험실 설비에서 다시 테스트하면 아이들을 볼 수 있을 거다!]

씨 이야기를 하니까 발작하는 길가메시.

피티아에게서 진실을 듣고도, 아직 믿지 못하는 것 같았다.

'뭐, 후손 보는 걸 상당히 기대했던 모양이니…… 현실 부정을 하고 싶겠지.'

고자란 게 확정되면, 삶의 의지가 사라질 수도 있으니까.

이놈에게 굳이 더 팩트를 들이 밀 필요는 없겠지.

성지한은 그리 생각하면서, 화제를 돌렸다.

[뭐 그래. 후손 문제는 니가 알아서 하고…… 어떻게 나한테 연락이 가능한 거냐?]

[그건…….]

[피티아가 널 가만히 내버려 둘 거 같진 않은데, 이렇게 메시지를 보내도록 놔둔다고? 이거 함정 아니냐?]

[……아니, 내가 이렇게 메시지를 보낼 자유라도 얻게 된 건, 아소카 덕분이다. 그에게 맞고 나서, 제약이 조금 풀렸어. 이유는 잘 모르겠지만…….]

[아소카가?]

[그리고 인류가 진화 보너스를 얻으면서, 조금 더 자유를 찾았지. 인류의 진화는 나의 성장과 직결되니 말이다.]

[그래…….]

거참, 우연이 공교롭게 겹쳤군.

성지한은 의심스러운 눈으로, 메시지를 지켜볼 때.

[물론, 그렇다고 이렇게 메시지를 보낼 수 있는 상황이 수상할 거라곤 생각한다…… 나도 믿기지 않는데, 너는

더하겠지.]

길가메시는 선선히 성지한이 의심을 품을 만하다고 인
정했다.

[아니까 다행이군.]

[그러니, 이것도 함정일지도 모른다고 생각하고 들어
라.]

[뭔데?]

[내 황금의 탑, 기억나느냐?]

[바벨탑?]

[그래. 원래는 에테멘앙키란 이름이 있다만.]

[바벨탑이 편하니까 그거로 하지.]

예전에, 인게임에서 들어간 적이 있었던 바벨탑.

성지한은 그때의 일을 떠올리며 간단히 답 메시지를 보
냈다.

[어쨌든 그 탑, 기억이야 난다만. 그게 왜?]

[바벨탑은 사실 내 권능의 집합체. 나로서도 아직 완
벽하게 다루지 못하는 지배 코드를, 이 탑을 통해 실현하
려고 했지.]

[……어떻게 실현하려고?]

[바벨탑이 지상에 완성되면, 인류는 마땅히 따라야 할
왕을 따르게 된다.]

성지한은 그 메시지를 보고는 미간을 찌푸렸다.

바벨탑에 지배 코드를 뿌리려 하다니.

아주 흉악한 짓을 벌이려고 했군그래.

[원래는, 투성에 있는 것을 지상에 옮기려 했지. 그러면 바벨로니아 지역의 인류부터 나의 명에 따를 테고, 충성스러운 신민들과 함께 나는 지배 영역을 넓힐 심산이었다.]

[패망해서 다행이구나, 너.]

[큭…… 인류라면 마땅히 종의 시초이자 최초의 왕인 나 길가메시를 따라야 하거늘. 네놈은 어찌 그리 반항하느냐?]

[헛소리 더 늘어놓을 거면 메시지 끊는다.]

[……하, 어쩔 수 없군. 자식의 반항은 부모로서 감수해야 할 일이지.]

[나 나간다.]

[아, 알았다. 일단은, 네 진정한 위치는 나중에 자각시키는 것으로 하지.]

진정한 위치라니.

나중에도 자식이라면서 엮을 생각인가?

처음 만났을 때는 저런 소리 하지도 않더니.

'내 능력을 보고 자꾸 엮으려고 그래서 더 짜증 나네.'

왜 이딴 놈이 인류의 시초가 된 건지.

성지한은 이 세상에 대해 새삼 탄식하면서, 메시지를 보냈다.

[헛소리 그만하고, 빨리 본론만 꺼내.]

[······그래, 알겠다. 본론을 이야기하지. 바벨탑이, 지구에 소환될 거다.]

[뭐?]

[무신과 피티아가, 나를 탑에 융합시켰다. 이것을 지구에 소환시킬 거야. 이미 준비는 끝난 것 같다.]

성지한은 길가메시의 메시지에 눈을 깜빡였다.

이놈들 또 뭔 짓을 저지르려는 거야.

[왜 소환하려는 거지? 바벨탑의 원래 용도대로, 인류를 지배하려고?]

[······글쎄. 나도 이걸 어떻게 써먹을지는 모른다. 지금의 난 이렇게 메시지를 보내는 것만으로도 한계니까.]

성지한은 그 말에, 아소카와 저번에 토너먼트에서 만났을 때를 떠올렸다.

−결국 무신의 힘의 근원은, 성좌의 무구와 황금의 탑이니.

−성좌의 무구는 동방삭이 해결할 테고, 황금의 탑은 내가 무너뜨리겠네.

성좌의 무구 말고도, 아소카가 무신의 힘의 근원으로 주목한 바벨탑.

저 탑이 단순히 지배의 권능만 가지고 있지 않다는 건, 분명해 보였다.

그런 게 지구로 소환된다면, 생각만 해도 찜찜한데.

[……준비가 끝났다면, 바로 소환되는 건가.]

[아니. 성좌 후보자를 건드려서 1달 근신이라고 하더군. 그것이 끝나면 소환될 거다.]

1달 근신.

그게 성좌 후보자를 건드린 페널티인가.

'1달이면…… 생각보다 처벌이 크지 않군.'

무신이 애초에 성지한을 바로 제거하지 않은 게, 성좌 후보자여서 그런 것 아니었나.

처벌이 1달 근신으로 끝날 정도란 걸 알았다면, 진작에 동방삭이던 피티아던 보내서 자신을 죽이려 들었을 것 같은데.

성지한은 그렇게 이 사실을 기억하면서, 길가메시에게 바벨탑이 소환될 장소를 물었다.

[소환 위치는?]

[원래 내가 바벨탑을 소환하려던 위치는 우르크였지만…… 소유권을 빼앗겼으니, 거기가 될진 확실치 않다. 내가 장소를 알게 되면, 바로 메시지를 보내지.]

[상당히 협조적이군그래.]

[이제 내가 살길은 이것밖에 없으니까.]

그렇게 오래 살아 놓고도, 진짜 살고자 하는 의지 하나는 끈질기구나.

성지한은 길가메시의 메시지를 바라보다가, 그에게 궁

금한 점을 물었다.

[그렇게 살고 싶으면, 다 털어놔 봐. 무신과의 계약이나 그의 정체. 이런 거 말이다. 내가 승리해야 너도 생존 확률이 높아지지 않겠어?]

[그래. 이미 계약도 어그러진 이상, 비밀을 지킬 필요야 없지. 지금 바로]

다 털어놓을 것 같더니, 바로에서 끊기는 메시지.

[피티아 옴. 나중에.]

성지한은 미간을 찌푸렸다.

꼭 중요한 순간에 이러네.

아니.

'이러면 함정일 가능성도 생각해 둬야 하나.'

무신의 정보를 요구하자, 타이밍 좋게 피티아가 왔다면서 채팅이 끊겼으니.

길가메시는 제 스스로 제약을 푼 게 아니라, 저들에게 이용당하고 있을지도 몰랐다.

'그러면 바벨탑이 소환되는 곳으로 날 유인하는 게 목표일지도.'

그런 목적이라면, 저들의 의도가 어느 정도는 성공했군.

수상쩍은 바벨탑이 소환되면, 그게 함정이라고 해도 그냥 무시할 수는 없으니까.

'……그래도, 함정이라 해도 이쪽에서 써먹을 방법이

없진 않다.'

성지한은 그리 생각하면서, 태양왕에게 받았던 태양핵을 떠올렸다.

투성에 있는 바벨탑을 지구에 소환하는 거라면, 분명 투성과의 연결 통로가 열릴 테니.

그때 태양핵을 통로에 던져 버리면, 껄끄러운 적들끼리 싸움을 붙일 수 있겠지.

'일단은 정보를 계속 받아 봐야겠군…… 역으로 이용하기 위해서라도.'

성지한은 그리 생각하면서, 메시지가 멈춘 핸드폰 화면을 가라앉은 눈으로 바라보았다.

* * *

[인류, 성지한 없이 초심자의 아레나에서 우승하다!]
[초심자의 아레나 MVP를 받은 윤세아. 명실상부 세계 랭킹 2위로 평가받아.]
[또다시 화속성 보너스? 이쯤 되면 우연의 일치라고 보기 어려운 진화 보너스.]

초심자의 아레나가 끝나고 난 후, 이를 다루는 기사가 쏟아지기 시작했다.

아레나를 우승한 선수들에 대해 스포트라이트가 집중

되었고.

그중에서도 전사 역할을 훌륭하게 수행해 준 윤세아에게, 이제 그녀가 세계 2위가 아니냔 평가가 상당했지만.

그보다도 더 많은 화제를 불러온 건, 바로 이번에도 주어진 화속성 보너스였다.

–아니 뭔 화속성만 계속 주냐??
–체력 +5나 해 주지 ㅡㅡ 솔직히 일반인들은 별 체감 없잖아.
–ㄴㄴ 화상 좀 덜 당함 ㅋㅋㅋㅋ
–와…… 화속성에 집중한 마법사들만 꿀 빠네 ㄹㅇ
–그러니까; 윤세아 이러다 랭킹 2위 마법사들한테 빼앗길지도 모름.
–에이, 윤세아가 무슨 2위임? 이번엔 특수한 케이스로 MVP 딴 거지.
–뭔 소리임 성지한 제외하면 명실상부 2위지; 전사 역할 100퍼센트 수행한 거 못 봄?
–그래도 윤세진이 더 낫다고 봄.
–아직은 미국의 올리버지 그래도.
–?? 같은 경기 본 거 맞나? 눈 어디다 둠?

"그래. 삼촌은 못 이겨도 랭킹 2등은 노릴 만하지 이제!"
세계 랭킹 2등 자리를 두고, 갑론을박이 펼쳐지는 리플

창을 보며 씩 웃던 윤세아는.

"근데 진짜 왜 화속성 보너스만 나올까? 좀 이상하지 않아?"

연속된 화속성 보너스에, 의문을 품었다.

[……인류가 적색의 관리자랑 깊은 연관이 있는 게, 여기서도 나타나는 걸까.]

"아, 뭔가 연관이 있는 건 알았는데…… 그렇게 깊은 정도야?"

[응. 세아 네가 저번에 종족 변환 못 한 게, 아마 그 영향인 것 같거든.]

"나 점혈 찍었을 때 이야기구나."

윤세아는 하마터면 자신도 모르게 점혈 찍힌 채로 종족 변환될 뻔한 순간을 떠올리며, 얼굴을 찌푸렸다.

"그게 적색의 관리자랑 연이 깊어서 안 된 거였어?"

[응.]

성지아는 그렇게 대답하며 성지한을 바라보았다.

그때 분명, 동생은 인류가 적색의 관리자 그 자체라고 했었지만.

'……굳이 이걸 자세히 세아한테 이야기할 필욘 없어.'

성지아는 그쯤에서 입을 다물었다.

인류에서 실질적 랭킹 2등 했다고 좋아하는 딸한테, 괜히 안 좋은 이야기를 하고 싶진 않았던 것이다.

한편 성지한도 그런 누나의 기색을 읽곤, 화제를 돌렸다.

"이번 진화 보너스…… 아레나에서 선별해서 준 거겠지? 그럼 공허의 의지가 들어갔다고 봐도 되겠군."

[응, 아마도 그럴 거야.]

성지아가 원래 윤세아를 변환시키기 위해 사용하려던 종족 변화 키트도, 공허의 연구소에서 나온 물건이었지.

인류가 적색의 관리자와 연관이 있다는 건, 이미 저쪽에선 업데이트되었다고 봐도 되었다.

성지한은 이에 대해 떠올리다가, 문득 하나에 생각이 미쳤다.

"누나, 한 가지 궁금한 게 있는데."

[뭐?]

"성좌 후보자를 건드리면 페널티를 주잖아. 그 죄목의 경중은 어디서 판단하고, 벌은 누가 주는 걸까?"

[그거? 글쎄…….]

성지한의 물음이 뜻밖이었는지, 성지아는 곰곰이 생각하다 말했다.

[으음…… 페널티는 정해져 있는 거로 알고 있어. 상당히 중하게 처벌하는 것으로 아는데. 성좌로 발전할 만한 플레이어의 앞길을 막는 건, 배틀넷의 올바른 성장 순환을 방해한다고 보거든.]

"아니, 한 달 근신이라는데."

[에? 겨우 그거? 아닐걸? 그럼 성좌 되기 전에 다들 싹을 잘라 버리려고 할 텐데. 배틀넷에서 성좌가 나오는 빈

도가 현저히 줄어들 거야.]

"그렇지? 처벌이 너무 솜방망이지?"

[한 달이면 없는 거나 다름없지. 내가 알기론, 그 정돈 아니야 절대.]

"나도 그렇게 알고 있다."

스으으…….

바닥에서 음영이 짙게 드리우더니.

그 안에서 그림자여왕이 휙 튀어나왔다.

"한 달 근신은 그냥 휴가지. 그게 무슨 처벌인가? 내가 소문에 듣기로, 성좌 후보자를 공격했던 성좌는 성좌 레벨이 대폭 깎였다고 들었다. 성좌에겐 치명적인 페널티지."

두 명의 성좌가 그리 말해 주니, 믿음이 가는군.

"그렇게 강력한 처벌을, 한 달 근신으로 무마해 주려면 누가 개입해야 할까?"

"그 정도면……."

[관리자급은 돼야 하지 않을까? 성좌와 관련된 처벌을 무마해 줘야 하는데…….]

성지한의 물음에, 둘은 조심스레 그리 추측했다.

'관리자급이면, 후보가 별로 없는데.'

백색과 흑색, 녹색뿐이잖아.

이 중, 매번 수상한 짓거리를 하던 건 단연 녹색이었지만.

'이번엔 그쪽이 범인이 아닌 것 같아.'

적색의 관리자가 자기보다 상시 관리자로 오르는 걸 어떻게든 방해하려고, 성지한보고 임시 관리자가 되는 길을 알려 줬던 게 바로 녹색 아니었던가.

무신도 그쪽에선, 딱히 도와줄 이유가 없었다.

그것보다는.

'인류에게 자꾸 화속성 보너스를 주는 공허 쪽이 수상하단 말이지…….'

성지한은 팔짱을 끼며, 곰곰이 따져 보다가 문득 생각했다.

'음…… 근데 이거 굳이 골머리 썩힐 필요 있나?'

이거 그냥 당사자에게 물어보면 되잖아.

"나 잠깐 수련장 좀 갔다 올게."

[수련장?]

"어, 아레나의 주인한테 물어보지. 뭐."

공허 서열 4위니, 아는 게 있겠지.

"아니…… 수련장에 가면, 아레나의 주인을 무조건 만날 수 있나?"

그림자여왕의 의문에, 성지한은 가볍게 답했다.

"거기 부수겠다고 하면 나타나더라고."

"아, 그래?"

"어, 당사자한테 물어보는 게 제일 빠르지. 갔다 온다."

슈욱!

그렇게 해서 들어선, 수련장에선.

"오셨군요."

"……와 있었네?"

그가 부르기도 전에, 아레나의 주인이 미리 와서 기다리고 있었다.

* * *

수련장 안.

중절모를 쓴 아레나의 주인은 여기가 자기 집인 것마냥 성지한을 기다리고 있었다.

"안 그래도 부르려고 했는데, 미리 와 주니 일이 편해지는군."

"설마 여길 또 부수려고 했습니까?"

"그게 제일 빠르잖아."

"안 좋은 예감이 들어 와 있길 잘했군요."

번쩍!

우주 형상의 얼굴에서, 두 별빛이 반짝이고.

[특별 보상, '종족 진화 보너스'가 주어집니다.]

[화속성 친화도가 +5 상승합니다]

[힘이 +3 상승합니다.]

[민첩이 +3 상승합니다.]

인류가 받았던 종족 진화 보너스 메시지가 그 앞에 떠올랐다.

"절 부르려던 건, 역시 이것 때문입니까?"

"그래, 화속성 보너스를 너무 대놓고 밀어주더군. 우연의 일치라고는 볼 수 없을 정도로."

"예, 우연은 아닙니다. 제가 선별해 드린 것이지요."

아레나의 주인은 담담하게, 화속성 보너스를 퍼 준 건 자신이 맞다고 이야기했다.

"대체 왜지?"

"저는 그저 윗분의 지시를 따랐을 뿐입니다. 그분의 뜻은 모르지요."

"윗분의 지시라……."

아레나의 주인의 위라면. '흑색의 관리자'인가.

공허의 일인자는 대체 무슨 생각으로 그런 거지?

성지한이 미간을 찌푸리고 있을 때.

"다만, 개인적으로 추측을 해 보자면."

"추측이라…… 뭔데?"

"윗분께서는 인류가 진정한 자신의 모습을 찾는 걸 도와주는 것으로 보였습니다."

"'진정한 자신의 모습'이라면…… 설마 적색의 관리자가 되는 걸 말하는 거냐?"

"예."

"이상하군. 그동안은 적색의 관리자를 추격하지 않았나?"

"그랬죠. 관리자의 임기가 끝났음에도, 그 권한을 반납하지 않고 도망친 적색의 관리자. 그를 붙잡기 위해 시작된 추격이, 이제 '인류' 안에 숨겨진 관리자의 흔적을 발견하며 끝이 나나 싶었는데……."

탁.

아레나의 주인은 자신이 띄워 놓았던, 진화 보너스 메시지를 손가락으로 두들겼다.

"윗분께서는 오히려 적색의 관리자를 도와주는 결정을 하셨습니다."

"이해를 할 수가 없군."

"저도 마찬가지입니다. 그분의 변덕이 이번이 처음은 아닙니다만…… 이렇게 화속성 진화 보너스를 계속 부여하다 보면, 인류가 적색의 관리자로 융합했을 때 '상시 관리자'가 될지도 모르는데 말이죠."

"그러게. 흑백의 관리자만 하고 있는 '상시 관리자'가 하나 더 늘어나면, 자신들도 부담 아닌가?"

"음…… 부담이라."

성지한의 의문에, 아레나의 주인은 잠시 생각에 잠겼다.

"꼭 부담만 있는 것은 아닙니다. 적색의 관리자가 상시 관리자로 추가되면, 그와 절대권력을 나누게 되겠지만…… 상시 관리자로서의 책임과 의무를 나누는 효과도 있으니까요."

"그래? 그럼 적색이 상시 관리자가 되는 걸, 싫어하지 만은 않겠군."

"……요즘 같으면, 오히려 환영할지도 모르겠습니다. 배틀넷에 속한 종족의 숫자가, 계속해서 늘어나는 추세 니까요. 흑백의 관리자께서는 예전부터 업무 과다 상태 였습니다."

업무 과다라.

배틀넷에 포함된 종족 숫자가 셀 수도 없이 많은데, 관 리자는 지금 흑백에 녹색.

셋밖에 없으니 그럴 수도 있겠군.

성지한은 손가락을 세 개 피곤, 아레나의 주인에게 말 했다.

"그렇게 일이 많으면 관리자를 왜 더 안 뽑는 거지? 녹 색은 사리사욕만 채우는 거 같더만."

"적색이 관리자 권한을 가지고 도망쳐서요. 새로 관리 자를 뽑으려면, 적색을 붙들어야 했습니다. 뭐, '특정 업 적'을 달성한 플레이어는 예외 규정으로 관리자가 될 수 있다고 합니다만…… 워낙 불가능한 일이지요."

번쩍.

그러면서 아레나의 주인은 눈을 반짝이며 성지한을 바 라보았다.

"당신은 그걸 노리는 것 같습니다만."

"성좌도 안 된 상태에서, 대성좌를 꺾는 것 말인가?"

"예. 토너먼트에서 대성좌를 부르려고 하던데, 그 업적을 깨려고 하는 것 아닙니까?"

아레나의 주인의 물음에 성지한은 선선히 고개를 끄덕였다.

"적색의 관리자도 그렇게 올라온 거라며. 나도 해 보려고."

"인류를 불태우면 당장이라도 관리자가 될 수 있을 텐데, 쉬운 길 두고 어려운 길로 가는군요."

"업적은 깨 줘야지."

원래는 임시 관리자가 되어서, 인류 모두가 품고 있는 적색의 흔적을 싹 처리하려 그런 것이었지만.

성지한은 대충 그렇게 둘러댔다.

"……뭐 그건 넘어가지요. 어쨌든, 당신과 대화를 나눠보니 윗분의 뜻을 추측할 수 있겠습니다. 그분들께서는 상시 관리자를 늘리고 싶어 하시는 것 같습니다. 적색이 관리자 권한을 가지고 도망쳤지만, 그럼에도 그가 상시 관리자로 올라설 수 있으면 이를 눈감아 주려 하시는군요."

흑백의 관리자가 상시 관리자 늘어나는 걸, 오히려 환영할지도 모른다는 추측에 성지한은 미간을 찌푸렸다.

저 추측이 맞으면, 성지한이 하려는 일은 저 두 절대자의 뜻을 완전히 거역하는 건데.

'스타 버프도 그렇고, 흑백의 관리자에게서 지금까지 나름 소소한 도움을 받아 왔는데…… 이게 사라지면 내게 큰 타격이다.'

안 그래도 무신 상대하기도 쉽지 않은데, 흑백의 관리자까지 고려하기엔 너무 버거운데.

'……아, 그냥 불 지르고 끝내?'

흑백의 관리자까지 저렇게 나오면, 임시 관리자도 된다고 한들 인류의 불을 못 없애지 않을까.

그러느니 그냥 적색의 관리자가 돼서 무신이나 두들겨 패고 끝장을 볼까?

성지한이 그렇게 극단적인 방향으로 생각할 무렵.

지이이잉…….

"어, 관리자께서……."

반짝이던 아레나의 주인의 별빛 눈이, 보랏빛으로 물들기 시작했다.

"제게 직접 말씀하셨습니다. 일의 수월한 진행을 위해서, 이번에 개입했다고 하십니다. 화속성 진화 보너스와, 무신에게 주어진 가벼운 처벌…… 이 두 가지 항목 모두 그분께서 주도하셨습니다."

"……앞에 것은 그렇다 치는데, 무신 놈은 왜 도와준 거지?"

"그도, '상시 관리자'가 될 가능성을 지닌 후보라고 하십니다."

"그놈이?"

무신이 무한회귀로 힘을 그렇게 축적해 두었다고 하더니.

흑색의 관리자가 인정할 정도로, 상시 관리자를 노려볼 가능성까지 얻은 건가.

'이렇게 되면 내가 완전 걸림돌이네.'

인류를 모조리 불태우면, 상시 관리자를 노려볼 수 있는 '적색의 관리자'.

무한회귀로 힘을 축적해서, 상시 관리자가 될 가능성을 지닌 '무신'.

이 둘을 현재 가장 방해하고 있는 건, 바로 성지한이었다.

"3번째 상시 관리자를 맞이하고 싶은 흑색께서는, 어떻게든 날 치워 버려야겠군그래. 날, 죽이라고 하시나?"

성지한이 보랏빛으로 변한 눈을 가만히 지켜보며 그리 비아냥대자.

"오히려 반대입니다. 성지한님께서 '이 물건'만 받으면, 더 이상 개입하지 않겠다고 하십니다."

"……물건?"

스으윽.

아레나의 주인은 자신의 우주 얼굴에 손을 집어넣어, 거기서 무언가를 꺼냈다.

그렇게 해서 그의 손에 올려진 것은, 빨간색 버튼이었다.

* * *

보랏빛과 적색이 뒤섞인 철판 위에, 불쑥 튀어나온 빨

간색 버튼.

성지한은 그걸 어이없다는 듯 바라보았다.

"뭐지 이건?"

"아이템 설명을, 한번 보시지요."

지이이잉.

그 말이 끝나기가 무섭게, 눈앞에 떠오르는 메시지창.

[세계수 점화 장치]

-아이템 등급 : EX

-버튼을 누를 시, 지구의 세계수에서 성화가 피어오릅
니다.

-적색의 손을 지닌 상태에만 활성화되며, 손의 주인에
게 성화로 흡수한 힘이 모두 귀속됩니다.

-해당 효과는 거리에 구애를 받지 않습니다.

-해당 아이템은 1회용 아이템입니다.

"……세계수 점화 장치라니. 이게?"

"예, 버튼을 누르면 바로 관리자가 되실 수 있습니다.
그래요…… 꼭 지구에 안 계셔도 가능할 겁니다."

적색의 손은 성지한에게 빨리 성화를 태워서, 적색의
관리자가 되자고 꼬드겨 왔다.

하나 백염으로 전 세계를 불태우고, 거기서 성화의 힘
을 흡수하는 과정은.

사실 인간성을 완전히 놓아야 진행할 수 있는 일이었다.

근데, 이번에 아레나의 주인이 넘겨준 버튼은.

"간편하군그래…… 오른손으로 버튼만 누르면, 모든 게 끝이야."

"예…… 이것만 누르시면, 바다에 봉인된 세계수를 단숨에 불태울 수 있다고 하십니다. 그러면 정말로 간단하게, 상시 관리자로서 승화할 수 있죠."

스으윽.

그러면서 아레나의 주인은 손을 내밀어, 버튼을 성지한에게 건넸다.

"이걸 인벤토리에 보관하고 계신다면, 다시는 개입을 하지 않겠다고 하십니다."

"이 물건을 준 게, 가장 큰 개입 아니냐?"

"그럴지도 모르지요."

"……알았다."

버튼 하나로 손쉽게 관리자가 될 수 있다니.

드래곤 로드나 태양왕이 본다면 환장하겠군.

성지한은 가만히 이를 지켜보다, 붉은 버튼을 건네받았다.

물론, 왼손으로.

"이걸 건네준 걸 보면, 네 윗분도 무신보단 적색의 관리자가 상시로 올라오는 걸 선호하나 보군. 내가 버튼만 누르면, 적색의 관리자가 승리하는 거잖아?"

"적색의 관리자는 아무래도, 경력직이니까요. 그가 관리자로 있었을 땐 일하기 편했다고 하십니다."

"……하, 그래. 관리자급에서까지 경력직이 우선인 줄은 몰랐네."

성지한은 저쪽에서 무신보다 적색의 관리자를 선호하는 이유를 듣고는 피식 웃었다.

경력을 우선시하는 세상의 이치가 우주의 정점에서도 통하는 줄은 몰랐네.

"그럼 이제는, 그쪽에서 지켜만 볼 건가?"

"예. 그. 빨리 와서…… 일 처리 좀 하라고 하십니다."

"그 이야기 들으니 더 가기 싫어지는군그래."

절대자들도 버거워하는 업무량이라니.

대체 상시 관리자들은 어떤 삶을 사는 걸까?

"그럼, 물건도 건넸으니…… 저는 이만 가 보겠습니다."

스스스…….

눈빛이 원래대로 돌아온 아레나의 주인이 어둠 속으로 사라지자.

"……세계수 점화 장치라."

성지한은 붉은 버튼과 철판을 이리저리 둘러보았다.

EX등급이 매겨진 일회용 아이템.

보기엔 별거 없어 보여도.

버튼만 누르면, 서해에 봉인된 세계수에서 저절로 불이 지펴지며 전 인류가 멸망하는 미친 물건이었다.

거기에.

'거리 제한도 없으면, 만약 내가 투성에 소환된 상태에서 이걸 눌러도 힘이 전송된다는 거잖아?'

성화로 얻은 힘을, 거리 제약 없이 받을 수 있다니.

아무리 봐도 이거 성능이 말이 안 된다.

일회용이라고 해도, 이 정도면 등급을 EX보다 더 높게 측정해야 할 거 같은데.

'흠…… 이 철판과 버튼에, 뭐가 숨겨져 있으면 저럴 수 있는 거지?'

성지한은 두 눈을 빛냈다.

흑색의 관리자가 직접 준, 미친 성능의 버튼.

여기에 숨겨진 힘을 분석하면, 뭐 떡고물이라도 얻어 갈 수 있지 않을까.

'흑색의 봉인함도 그러고 보면 EX였지.'

성지한은 흑색의 관리자에게 받았던 또 다른 아이템.

손 보관용 상자, '흑색의 봉인함'을 떠올렸다.

[흑색의 봉인함]

-등급 : EX

-흑색의 관리자가 직접 만들어 낸 봉인함.

-그 어떤 존재도 상자가 열리기 전에는, 이곳 밖으로 나올 수 없습니다.

-스위치보다 성능은 부족해도, 등급은 똑같은 EX였던

흑색의 봉인함.

　-하나 적색의 손을 팔에 이식하고 난 이후엔 꺼낼 일이 없었다.

　-성지한의 인벤토리에서는, EX급임에도 가장 쓸모없는 물건이었지.

　"둘 다 똑같은 EX인 게 신기하단 말이지……."

　성지한은 그리 중얼거리면서, 인벤토리에서 흑색의 봉인함을 꺼내 보았다.

　그러자.

　스스스스……

　버튼의 철판 색깔이, 마구 일렁이기 시작했다.

　그러면서, 두 곳에서 새어 나오기 시작하는 공허의 기운.

　"……호오."

　그냥 등급이 같아서 꺼내 본 건데, 이게 대체 무슨 현상이지?

　'한번 엮어 볼 필요가 있겠는데.'

　성지한의 두 눈이 호기심으로 반짝였다.

3장

3장

세계수 점화 장치와, 흑색의 봉인함.

성지한은 수련장 내부에서 두 EX급 아이템을 이리저리 살펴보며 실험을 해 보았다.

여러 시도 중, 가장 유의미했던 건 서로 붙여 놓는 것.

두 아이템은 서로 밀접해질수록, 공허의 기운을 짙게 뿜어냈다.

그것도.

'상당히 질이 높은 공허였지.'

성지한은 자신의 왼쪽 얼굴을 매만졌다.

처음 이곳에 들어왔을 때보다, 더 커진 얼굴의 균열.

예전에는 그래도 어떻게 보면 상처 같았지만, 이제는 확실히 얼굴과 얼굴 사이에 보랏빛의 틈이 확실히 자리

하고 있었다.

'저기서 뿜어져 나온 걸 흡수만 했는데도 이 정도인데…….'

EX급 아이템이 내뿜는 기운만 흡수했는데도, 예전에 비해 확실하게 발전한 얼굴의 공허.

아무래도 흑색의 관리자가 아이템을 직접 만들어서 그런가.

지금껏 공허의 기운을 많이 다뤄 봤지만, 정밀함이 차원이 달랐다.

그러니 이것만 옆에서 흡수했는데도, 얼굴의 공허가 늘어났지.

거기에.

'아직 확실히 감은 잡지 못했지만, 정밀한 공허는 공간의 제약을 뛰어넘는 것 같단 말이지…….'

자신이 어디에 있든, 지구의 세계수를 불태워서 힘을 회수해 올 수 있는 세계수 점화 장치.

그리고 외부와의 교류를 완전히 차단하는, 흑색의 봉인함.

두 아이템 다 각자 방향은 달라도, 공간의 제어와 연관이 있었다.

'하지만 아직은 추측의 단계일 뿐. 확실히 결과물을 내려면 더 많은 공허를 흡수해야 하는데…….'

그러기에는, 발전에도 끝이 있었다.

'이제는 옆에서 흡수하는 것만으로는 안 되네.'

스스스스…….

붙여 놓은 두 아이템에서, 예전처럼 뿜어져 나오는 보 랏빛 기운.

하나 이건 이제 더 이상 성지한의 힘을 강화시켜 주질 못했다.

이제는 한 단계 더, 진일보가 필요한 시점.

'이거 아예 얼굴의 공허처리장에 흡수시킬까.'

성지한은 세계수 점화 장치를 보면서 그리 생각했다.

어차피 쟤들 바람과는 달리, 누르지도 않을 거.

공허처리장에 아예 넣어서 흡수시켜 버리면 지금보다 훨씬 공허가 발전할 거 같은데.

다만.

'너무 힘이 강해졌다간, 지금의 균형이 깨질지도 모르 지.'

공허처리장과 적색의 관리자의 손.

성지한의 몸에 이식된 두 힘은, 원래 관리자의 손 쪽이 우위를 점하고 있었지만.

그가 봉인되고, 공허처리장은 이번에 발전하면서 힘의 우열 관계가 비슷해지고 있었다.

그런데 여기서 두 EX 아이템을 공허처리장에 넣어서 이를 강화시키면.

힘이 공허처리장 쪽으로 급격히 쏠릴 수 있었다.

'당장은 그렇게 과도한 공허가 필요하지 않으니, 아이

템을 넣지 말자.'

무작정 공허처리장을 업그레이드했다간, 감당하지 못할 상황이 나타날 수도 있었으니까.

성지한은 지금 말고, 더 힘이 필요한 순간에 이를 얼굴의 균열에 넣기로 했다.

"인벤토리."

성지한은 인벤토리 안에 두 EX급 아이템을 넣어 두곤, 수련장을 나섰다.

사실 여기서 수련할 깃이 이것 외에도 많았지만.

'일단 레벨 600부터 찍어야지.'

지금 가장 중요한 건, 레벨 600이 되어 챌린저 6으로 올라가는 것이었으니까.

* * *

여느 때와 다름없는, 챌린저 게임 매칭.

[상대 플레이어가 모두 사망합니다.]
[게임이 종료됩니다.]

가볍게 적을 쓸어버린 성지한은, 레벨 업 메시지가 나오질 않자 미간을 찌푸렸다.

"레벨 진짜 안 오르네요. 이래선 이번 토너먼트에서

600도 못 되겠네."

일주일도 남지 않은, 성지한의 두 번째 토너먼트.

대성좌도 참여하려면 챌린저 5를 가야 하니, 사실 이번
에 그들이 참여할 기회는 날아간 거나 다름없었지만.

성지한의 레벨 업 속도가 더 빨라질 수가 없어서, 이제
기준을 챌린저 6이 아니라 7로 잡아야 할 것 같았다.

-저기, 원래 그 정도 레벨에선 레벨 업이 쉽지 않아요…….

-근데 챌린저 7이면 성좌 레벨 몇까지 참여 가능한 거
임? 참여 요강 해석 좀 해 봐.

-성좌 레벨 9까지 가능한데, 참여할 수 있는 자리가
제한적임. 20퍼센트?

-20퍼센트면 경쟁률 엄청나겠네;

적색의 손이 상품으로 나온 아레나 토너먼트.

저번 토너먼트에서 아소카가 손을 봉인하긴 했지만, 참
여자 입장에서는 오히려 좋았다.

손이 봉인되어 적멸을 쓸 수 없는 성지한이면, 성좌 레
벨 8도 싸울 만하고.

레벨 9면 충분히 이길 거라 예상되었으니까.

-레벨 9가 참여한다면 역시 우주천마가 우승하려나?

-레벨 9에 강자가 얼마나 많은데, 왜 그 이름만 오가

는지 모르겠네;

　ㅡ아니, 그놈 그만큼 괴물이잖아…….

　ㅡ패배한 적 없지 않나? 우주천마.

　그리고 성좌 레벨 9에서 우승 후보로 꼽히는 인물은,
단연 동방삭이었다.

　방랑하는 무신과 함께, 우주의 성좌들을 공포로 몰아넣
었던 우주천마.

　일검을 들고 행성에 착지하여, 모든 걸 쓸어버리는 그
의 악명은 워낙 소문이 나서.

　레벨 9 성좌 중에서는, 그가 가장 유명한 축에 속했다.

　ㅡ그래도 그가 꼭 나온단 보장은 없음. 자리가 20퍼센
트밖에 없는데, 9레벨 성좌들도 이번에 대거 지원할 거
아님? 경쟁에서 밀리면 탈락이지.

　ㅡ이거 근데 무슨 기준으로 토너먼트 참가자들 뽑는 거
야?

　ㅡ선착순이라던데?

　ㅡ오…… 선착순이면 진짜 안 나올지도?

　ㅡ레벨 9끼리 실력은 차이 나도, 신청서 제출 속도는
공평하겠지 ㅋㅋ

　성지한은 외계의 채팅창 내용을 보면서 생각에 잠겼다.

'선착순이라…… 동방삭을 지금 마주치긴 껄끄럽긴 하지.'

비록 동방삭의 현 신분은 무신의 종이지만.

성지한은 그가 무신보다 월등한 무재를 지니고 있다고 생각했다.

그 초월적인 무인과, 토너먼트에서 벌써 만나는 건 손해인데 말이지.

"오늘 방송은 여기까지 하겠습니다."

성지한은 토너먼트 관련해서 활발히 올라오는 채팅을 둘러보다가, 일단은 배틀튜브를 껐다.

이제 며칠 남지 않은 토너먼트.

만약 여기에 동방삭이 출전한다면, 철저히 대비를 해야 했다.

성지한이 그렇게 이 경기에 대해 생각하면서 방을 나왔을 때.

[……지한아. 너. 얼굴 왜 그래?]

거실에서 둥둥 떠 있던 성지아가 굳은 목소리로 성지한의 얼굴을 바라보았다.

[공허가 너무 강해졌는데…… 균열도 커지고.]

"아, 이거 수련의 결과야. 힘 좀 얻었어."

[……힘 좀 얻었다고 이야기하기엔, 금방이라도 부서질 것 같아.]

"이거?"

툭. 툭.

성지한은 자신의 금 간 얼굴을 가리키며, 아무렇지도 않다는 듯 대꾸했다.

"금방 부서지긴. 일 년은 버틸걸?"

[일 년은 금방 아니야?]

"일 년이면 충분히 오랜 시간이지. 그 전에 모든 일이 끝나 있을 테니까."

무신과의 분쟁이나, 적색의 관리자의 불을 다루는 것.

이 모든 일은, 분명 일 년 내에 끝이 날 거라고 성지한은 확신하고 있었다.

그러니까, 공허처리장의 힘이 강해져서, 몸이 일 년을 채 버티지 못한다고 해도 별로 상관이 없었다.

[모든 일이 끝난다니…… 그러면, 그 얼굴도 공허도 사라져 준다니? 네 몸은 어떻게 하게?]

"그거야 뭐. 지금처럼 성장해서, 이 공허를 컨트롤하면 되잖아?"

[……성장이 실패하면?]

"성장 실패라니, 그런 불가능한 가정은 안 해. 그것보다."

그는 피식 웃으며, 화제를 돌렸다.

스윽.

그의 손가락이, 성지아의 자물쇠를 가리켰다.

"누나는 이 자물쇠 언제 풀 거야? 초심자의 아레나도 끝났잖아. 이제 그만 사람으로 돌아오지그래."

[……그러려고 했는데, 아직은 조금 더 이 몸으로 할 일이 있어.]

"뭔 일? 세아도 세계 랭킹 2위인데. 더 후원을 할 필요가 있나?"

[세아랑 관련된 일은 아니야.]

그러면서 성지아가 물끄러미 성지한을 바라보았다.

세아랑 관련된 일이 아니면…….

"설마 나야?"

[응.]

"뭐 신안으로 예언 본 거라도 있어?"

[신안은 아니지만, 본 건 있어.]

"뭔데?"

[……네가 무너졌어.]

성지아는 침울한 목소리로 말을 이어 갔다.

[얼굴은 공허에 잠식되고, 몸은 불에 타올랐지. 감당할 수 없는 힘을 꾹꾹 눌러 담다가, 결국 터져 버렸어…… 한계를 넘진 못했지.]

"흠. 어디서 그랬는데?"

[나도 잘은 몰라. 다만, 네 얼굴 위로, 여러 무기가 허공에서 반짝이고 있었던 것 같아…….]

성좌의 무구를 말하는 건가.

그럼, 투성이겠군.

"거기서 터진 거면 괜찮아."

[뭐…… 뭐가 괜찮아? 네가 사라졌는데!]

"그 별, 무신이 사는 곳이거든. 거기서 모든 힘을 쏟아부었으면 됐지."

[……그다음엔 어쩌려고? 얼굴은 공허에 잠식되고, 몸은 불타 사라졌는데!]

"뭐…… 다 방법이 있어."

성지한은 태연한 얼굴로 말했다.

정작 그 '방법'이란 건 지금까지 단 한 번도 생각하지 않았지만.

"내가 미쳤다고 거기서 자폭을 하겠냐? 나 지금까지 벌어 둔 GP, 다 쓰기 전까진 못 죽는다."

[그래…….]

"어. 세계 1위로 떵떵거리며 살다 가야지 무슨…… 다 살아날 방법 있으니까 걱정 마시고."

[방법이 뭔데 그래서?]

"나한테 스탯 영원이란 게 있는데, 그거로 복구하면 돼. 자세한 건 나중에 보면 알 거야."

성지한은 성지아의 추궁을 그렇게 넘기며, 그녀의 자물쇠를 다시 가리켰다.

"그러니 내 걱정 말고 열쇠나 쓰셔요."

[……그건 좀 더 있다 쓸게.]

"아 진짜. 그러다가 못 풀면…….

[야, 나도 너처럼 다 방법 있거든?]

이 누나가 똑같은 말로 카운터를 치네.

성지한이 잠깐 할 말을 잃었을 때.

[그러니까 열쇠 이야긴 그만해. 나 간다.]

"어딜 가?"

[화장실.]

"돌이잖아, 누나."

[……좀 대충 그런 줄 알고 넘어가!]

성지아 석상이 둥둥 떠오르며 안방으로 재빠르게 들어 갔다.

'……어휴 저 인간 진짜 열쇠 언제 쓰냐.'

이쯤 되면 그냥 돌멩이로 사는 게 편한 거 아냐?

성지한은 그리 생각하면서, 미간을 찌푸렸다.

자신에게 도움을 주기 위해 공허의 마녀로 있겠다는 마음이야 고맙긴 하다만.

'전력상으론 솔직히 큰 도움 안 될 텐데…… 그냥 인간 이나 됐음 좋겠는데 말이지.'

지금 직면한 상대들을 보면, 성지아의 성좌 권능은 대세에 큰 영향을 끼치지 못했다.

그 힘으로 도와주려고 하느니, 그냥 인간 빨리 돼서 마음이나 편하게 해 줬음 좋겠다만…….

'뭐…… 입장이 바뀐 상태였다면 나도 저렇게 나왔겠지.'

성지한은 그렇게 생각하며, 성지아가 떠난 자리를 잠시 지켜보았다.

자신도 모르게, 슬쩍 한숨이 나왔다.

* * *

무신의 별, 투성.

[동방삭. 토너먼트에 지원해라. 거기서 성지한의 손을 가지고 오라.]

"알겠습니다. 무신이시여."

동방삭은 무신의 앞에서 무릎을 꿇은 채, 명령을 받고는.

품에서 스마트폰을 꺼냈다.

"흐음……."

삑. 삑.

눈을 가늘게 뜨면서, 신중히 손가락을 움직이는 노인.

피티아는 옆에서 그걸 보더니 입가에 피식 웃음을 지었다.

"동방삭 할아버지. 지원할 줄은 알지? 모르면 내가 도와줄까?"

"……사람을 바보로 아나? 아레나에 지원서 내는 걸, 누가 못 한다고!"

"아니 어째 모양새가, 어르신이 힘들게 IT 기계에 적응하려는 것 같아서. 젊은 내가 도와주려 했지."

"젊은? 피티아 네가 나보다 훨씬 늙었을 텐데?"

동방삭은 수염을 쓰다듬으며, 여유롭게 대꾸했다.

"저기요. 훨씬은 아니거든?"

"인류의 시초 이브랑 비교하기엔, 내가 너무 젊지."

"야, 얼굴은 내가 더 어려!"

"허허. 겉가죽 가지고 평가를 하면 되나?"

스으윽.

동방삭이 그러면서 오른손을 한 번 휘두르자.

도포가 흔들리며, 그의 몸이 순식간에 작아졌다.

그와 함께 수염이 사라지고, 주름이 펴지며.

동방삭의 모습은, 정정한 노인에서 순식간에 어린아이
로 변모했다.

"이렇게 손짓 한 번으로 어린아이가 될 수도 있는데 말
일세."

"어…… 순식간에 바뀌네. 근데 너 좀 귀엽다?"

"어릴 때부터 한 인물 했지."

스으윽.

그러면서 습관처럼 턱에 수염을 쓰다듬으려 손을 가져
가던 동방삭은.

"아……."

자신도 모르게, 핸드폰을 미끄러뜨렸다.

콰직!

땅바닥에 떨어진 채, 박살이 난 스마트폰.

금이 간 액정에는, 아레나 지원 화면이 떠올라 있었다

[……지금, 뭐 하는 짓이냐?]

무신의 두 눈이 붉게 번뜩였다.

동방삭이 시답지도 않은 이유로 폰을 떨어뜨리더니, 액정이 부서져 버리다니.

동방삭이 당황한 얼굴로 손을 바닥에 뻗자.

두둥실.

금간 스마트폰이 바닥에서 떠오르며, 그의 손에 들어갔다.

"아, 다행히 아직 작동은 됩니다…… 지원했습니다!"

재빠르게 손가락을 움직여 지원을 끝낸 동방삭이었지만.

[결과는.]

"……실패했습니다."

[…….]

안 그래도 박 터지는 경쟁률에서, 핸드폰을 미끄러뜨리는 미스를 범해 버렸으니.

선착순에서 밀리는 건 당연한 일이었다.

"아니, 동방삭…… 당신 같은 무인이 이걸 미끄러뜨리다니. 말이 돼? 아니, 좋아. 떨어뜨린다 쳐. 한데 떨어지는 와중에 폰을 허공에 띄워도 됐잖아? 대체 뭐 한 거야?"

피티아는 이걸 보고 이해가 안 된다는 듯, 동방삭에게 소리쳤다.

독존 성좌 레벨 9.

레벨만 따지면 대성좌 바로 밑의 실력자며, 실질 전력은 대성좌와 싸워도 손색이 없다는 절대무인이.

아이로 변했다고 핸드폰을 미끄러뜨리는 게 말이 되나?

"으으. 이럼 잠깐 장난치려다가 내가 대업을 망쳐 버린 꼴이 되잖아……!"

괜히 노인네 도와줄까 한마디 했다가 상황이 이렇게 굴러가 버릴 수가 있냐.

피티아는 무신의 눈치를 보면서 몸을 부르르 떨었다.

"……아까는, 잠깐 당황했다."

"너, 일부러 실패한 건 아니고?!"

"네가 쓸데없는 소리만 안 했어도 성공했겠지. 아이의 몸이 익숙지 않았다."

다시 원래의 노인 모습으로 돌아온 동방삭은 한숨을 푹 쉬더니.

무신에게 온몸을 굽혀 절했다.

"무신이시여. 말도 안 되는 실수를 해 버렸습니다…… 어떤 처벌이라도, 달게 받겠습니다."

[아니.]

번뜩.

무신의 붉은 두 눈이 흉흉하게 빛났다.

[이번 일이 정말로 '실수'인지 확인해야겠다.]

"……예."

스스스스…….

어둠으로 가려진 무신의 머리 쪽에서 검붉은 연기가 피어오르더니.

그것은 곧, 거대한 뱀의 형상으로 변했다.

"저건……."

뱀의 머리는 입을 쫙 벌리더니.

콰직!

동방삭의 몸 전체를, 단번에 삼켜 버렸다.

[기억을 살펴보겠다.]

스스스…….

그 말이 끝나기 무섭게, 연기로 만들어진 뱀의 몸이 검게 물들었다.

그렇게 10여분 정도가 지나자.

[……걸리는 것은, 딱히 없군.]

슈우우우…….

뱀의 형상이 사라지며, 그 안에서 정신을 잃은 동방삭이 땅바닥으로 떨어졌다.

무신의 눈빛이 침착하게 가라앉았다.

'너무나도, 깨끗하다.'

동방삭의 기억을 최근 것 위주로, 면밀히 살펴보았지만.

걸리는 건 단 하나도 없었다.

정말 이번 일은, 단순 실수란 말인가?

'그럴 리가.'

동방삭이 얼마나 괴물인지, 제일 잘 아는 자는 바로 무신이었다.

예전에 지구에 있던 시절, 그에게 질리도록 패배하고

쫓겨났었으니까.

인간 시절·때도 그랬는데, 무신의 종이 되며 성좌 레벨 9까지 올라선 현 동방삭은.

저런 실수를 하고 싶어도 할 수가 없는 존재였다.

'그렇다면.'

스으윽.

무신의 두 눈이 피티아를 향했다.

[피티아.]

"네⋯⋯."

[너도 살펴보아야겠다.]

스스스⋯⋯.

연기가 피어오르고, 거기서 뱀의 형상이 드러나자.

피티아는 울상이 되었다.

왜 하필 그때 쓸데없는 소리를 해서⋯⋯.

"⋯⋯알겠습니다."

그녀가 동의하자.

콰직!

거대한 뱀이 피티아의 몸을 집어삼켰다.

동방삭 때와 동일하게, 십여 분간 그녀의 기억을 살피던 무신은.

[여기도, 걸리는 것은 없군⋯⋯.]

피티아의 기억 속에서도, 걸리는 점을 발견할 수 없었다.

슈우우우⋯⋯.

뱀의 형상이 사라지고, 그 안에서 떨어지는 피티아.

정신을 잃은 두 종을 바라보면서, 무신은 생각에 잠겼다.

'둘의 기억 속엔 특별한 점이 없었지만…… 그럼에도 이번 일은 단순한 실수가 아니다.'

동방삭이 핸드폰을 미끄러뜨려서, 아레나 지원에 실패한다는 건.

있을 수가 없는 일이다.

아무리 그가 당황하고 실수했다 해도.

동방삭은 그 찰나의 순간, 떨어지는 핸드폰을 다시 허공섭물로 떠올릴 수 있는 무인이다.

그걸 그냥 떨어지게 놔뒀다는 건, 무언가의 개입이 있는 게 분명하다.

'……이번 토너먼트에서 동방삭이 참가만 했으면, 모든 게 끝이 났을 것이다.'

성지한이 아무리 날고 긴다고 해도, 동방삭을 이길 수는 없으니.

동방삭이 적색의 손을 가지고 온다면, 이 지긋지긋한 무한회귀도 끝을 낼 수 있었다.

근데 이 절호의 기회가, 단순 실수 때문에 어그러졌다?

'그럴 리가 없다.'

분명히 이번 사고는, 의도된 거다.

한데 이 둘의 기억 속에서, 이상한 점을 찾을 수 없었으니…….

'설마, 흑백의 관리자 쪽에서 개입이라도 한 것인가?'

무신의 범인 찾기는, 자연스레 그쪽으로 확장했다.

흑백 정도의 절대자들이 아니면, 이런 일을 '실수'로 포장해서 자연스럽게 조장할 존재가 없었으니까.

요즘은 투성에 부하들을 별로 파견하지 않더니.

이런 일을 꾸미고 있었던 건가?

[동방삭, 일어나라.]

부르르…….

무신의 음산한 목소리에, 쓰러져 있던 동방삭이 천천히 눈을 떴다.

"……예. 주인이시여."

[네 이번 실수는 도저히 있을 수가 없는 일이다. 그래서 너와 피티아의 기억을 살펴보았으나, 거기엔 별 이상이 없었다.]

"이번 일, 정말로 면목이 없습니다……."

[너희 둘이 한 일이 아니라면, 상시 관리자들이 의심되는군. 너는 투성의 주변을 살펴보고, 흑백의 끄나풀이 있다면 잡아 와라.]

"아, 알겠습니다!"

동방삭은 무신의 명을 받들어 하늘 위로 날아올랐다.

성좌의 무구가 별처럼 떠 있는 영역을 지난 그는.

'정말 흑백의 관리자가 이번에 개입한 건가. 어쩐지, 이상하게도 손이 움직이지 않았다. 핸드폰 따위, 떨어지면

띄우면 그만인 것을…….'

조금 전 있었던 일을 떠올리며, 표정을 굳혔다.

확실히 그들이 개입한 건지 알아보기 위해, 흑백의 부하들을 싹 다 잡아가야겠다고 생각한 동방삭은.

뚝!

수염을 한 가닥 끊어, 검을 소환했다.

그리고 그가 그렇게, 손으로 검을 쥐게 되자.

"아……."

동방삭의 눈이 순식간에 커졌다.

'아소카…… 정말 네 말대로 되었군.'

그의 머릿속에선.

사라졌던, 기억이 돌아오고 있었다.

* * *

며칠 전.

[동방삭. 네가 토너먼트에 나가면, 이번 회차는 끝이다.]

[그렇겠지.]

동방삭은 아소카의 전음을 듣고는, 덤덤히 그에게 답했다.

성지한의 발전은 눈부시게 빨랐지만.

아직은 자신과, 꽤 격차가 있는 상태였으니까.

[그래도 이번 토너먼트 지원 조건, 까다롭던데. 늦게 지원하면 참가조차 못 할 거다.]

[무신이 네가 늦게 지원하도록, 놔두겠나?]

[······그렇진 않겠지.]

안전제일주의인 무신이, 수많은 변수가 발생한 이번 회차에서 회귀를 하지 않은 이유는 단 하나.

적색의 관리자의 손 때문이었다.

그걸 얻으면 답보된 발전상태를 순식간에 개선하고, 더 나아가 무한회귀를 끝맺을 수 있기에.

그는 수많은 변수가 발생해, 통제 불가능한 상황이 된 현재에도 시간을 돌리지 않고 있었다.

그리고 무신이 그렇게 학수고대하는 손을 얻을 시간이 드디어 다가왔으니.

그라면 동방삭을 눈앞에 대기시켜 두고, 폰으로 지원서류 넣는 걸 감시할 게 틀림없었다.

[그래도 이번 토너먼트에선 레벨 9 성좌에게 주어진 참여 자리가 적던데······ 정시에 지원해도 탈락할 수 있지 않겠나?]

[아니, 확률에 의존할 순 없다. 확실하게 떨어져야 해. 그래······ 핸드폰을 떨어뜨려라.]

[······뭐? 폰을 떨어뜨리라고?]

[그래. 이번 토너먼트만큼은, 네가 참석하면 안 되니까.]

[······무신이 가만히 있을 리가 없다. 당장이라도 내 기억을 밑바닥까지 뒤질 텐데. 그럼 지금의 대화까지 싹 다 알아챌 거야.]

동방삭의 걱정은 타당했다.

안 그래도 의심이 많은 무신인데.

동방삭쯤 되는 존재가 폰을 떨어뜨려서 일을 망쳐 버리면, 이를 실수라고 넘어갈 리가 없었다.

[동방삭. 무신은, 자네가 자신의 앞에서 무기를 꺼내지 못하도록 금제를 가하지 않았나?]

[맞아. 그의 허락 없이는 함부로 무기를 꺼낼 수 없네.]

예전에 동방삭의 무에 된통 당해 왔던 무신은.

그가 무기를, 특히 검을 드는 걸 상당히 꺼려 했다.

그래서 그가 동방삭에게 가한 금제 중에선, '내 앞에서 무기를 들지 말라'는 항목도 포함되어 있었다.

[그걸 이용하지. 자네의 검에, 지금까지의 기억을 정리해 담아 두세.]

[기억을 검에 담자고? 그런 게…… 가능한가?]

[무신의 금제를 이용하기 위해서, 예전부터 준비해 왔네.]

[예전부터…….]

[이번 일이 아니더라도, 무신은 간혹 가다 기억을 점검하지 않나.]

동방삭은 그 말에 고개를 끄덕였다.

뱀의 형상을 한 무신의 기운에 휩싸여, 머릿속이 파헤쳐지는 경험은.

참으로 불쾌한 느낌이었지.

[이를 예방하는 차원에서, 검에 기억을 담지. 우리의

공모 관계가 밝혀지면, 안 될 테니까.]

[나야 자네 말만 믿고 따르겠네. 그런데, 기억이 사라지면 핸드폰을 떨어뜨려야겠다는 생각도 사라지지 않겠나?]

[그것도 나에게 맡기게. 자네가 떨어뜨릴 수밖에 없도록 만들어 주겠네.]

아소카는 그렇게 호언장담을 했고.

"정말 다, 그의 말대로 되었군……."

모든 일은 그가 계획한 대로 돌아갔다.

토너먼트에 참가하지 않게 되었고, 무신의 의심도 피하게 되었으니까.

다만.

'검을 놓으면, 다시 기억이 사라지는 건가.'

기억이 검에 구애받게 되면서, 평소에는 무신의 충실한 종으로 남게 되어 버렸다.

이러면 평소 투성에 있을 땐, 아소카를 도와줄 수가 없겠군.

'……뭐. 머리 쓰는 건 원래부터 그의 몫이었으니.'

생각해 보면 자신이야 기억이 있든 말든, 큰 도움은 안 되긴 했지.

동방삭은 쓰게 웃으며, 발 밑을 바라보았다.

거기에는, 투성의 주변을 둥둥 떠다니는 성좌의 무구들이 셀 수 없이 떠올라 있었다.

'내 할 일은, 때가 왔을 때 저것들을 없애면 끝이다.'

무신의 힘을 저장해 둔, 성좌의 무구.

동방삭은 그것을 내려다보면서, 천천히 수염을 쓰다듬었다.

* * *

"결국 레벨 600 못 찍고 토너먼트 시작인가."

여느 때처럼 챌린저 게임을 끝내고 돌아온 성지한은.

요즘 들어 더 변동이 없는 레벨을 보면서 미간을 찌푸렸다.

진짜 안 올라도 너무 안 오르네.

그가 그렇게 방 침대에 걸터앉아 생각에 잠겼을 때.

스스스…….

"그대여. 보았나?"

바닥에서 그림자가 피어오르더니, 그림자여왕이 불쑥 얼굴을 내밀었다.

"뭘?"

"토너먼트 명단, 발표되었다."

"오 그래? 어째 당사자인 나보다 네가 더 정보 입수가 빠르냐?"

"나도 당사자다. 어쩌면 너보다 간절할지도 모르지."

"……네가 왜 당사자야?"

성지한의 물음에 그림자여왕이 어깨를 쭉 폈다.

"내 배틀튜브가, 네 토너먼트에 명운을 걸고 있으니까."

"중계권, 그거 설마 이번에도 샀냐?"

"당연하지. 이번에는 초심자의 아레나도 없겠다⋯⋯ 저번보다 높은 시청률을 기대하고 있다. 아. 그대여. 이 번에도 해설자, 좀 부탁한다."

"공짜로?"

"그럴 리가 있겠나. 흑자 나면 수익 배분해 주지."

저번엔 뭐 안 주더니, 적자였다.

성지한은 피식 웃고는, 그녀에게 말했다.

"명단이나 한번 보여 줘."

"자."

성지한은 그림자여왕이 띄운 화면을 보고는, 가장 신경 쓰이는 상대.

동방삭의 이름만 찾았다.

하나 수백이 넘는 토너먼트 참가자 중에서, 그의 이름 은 아무리 봐도 보이질 않았다.

"오. 동방삭 떨어졌나 보네."

"그러게. 성좌 레벨 9에서도 경쟁률이 치열했나 보군."

"적색의 손도 봉인되었겠다, 레벨 9가 참여하면 내 손 손쉽게 가져갈 수 있겠다 생각했겠지."

"맞다. 적멸이 없다면 레벨 9가 성좌 후보자를 두려워 할 이유는 없지."

그림자여왕이 고개를 끄덕이자, 성지한은 이제 화면을

꺼도 된다는 듯이 손짓했다.

"동방삭 없으면 됐네. 꺼도 돼."

"그 말고, 특이한 점은 보이지 않는가?"

"뭐가 특이해? 나 얘네들 이름 하나도 몰라."

"아. 아직 성좌들에 대해 정보가 별로 없었지? 자. 봐
봐라. 참가자 중……."

삑. 삑.

그림자여왕이 화면을 이리저리 터치하자.

참가 이름 명단 중, 반의 이름이 시뻘겋게 물들었다.

"반이 용족이다."

"……뭐?"

* * *

256강으로 편성된 토너먼트 대진표.

그림자여왕에 말에 따르면 이 중 절반 가량이, 용족 출
신이었다.

"용족이 이렇게나 많았나? 그것도 레벨 8 이상의 고위
성좌가?"

"예전엔 용족의 숫자가 이 정도는 아니었는데, 현 드래
곤 로드 체제하에서 용족이 폭발적으로 늘어나긴 했다.
그래도."

그림자여왕은 대진표의 용족 이름들을 보면서 얼굴을

찌푸렸다.

"128명이 참여할 정도면, 용족 고위 성좌들이 모두 다 출전한 거나 다름없어. 재주도 좋군. 어떻게 모두 참여시킬 수가 있지?"

"그러게. 경쟁률 상당했을 텐데?"

저번 경기에서 적색의 손이 봉인되면서, 더 경쟁률이 높아진 이번 토너먼트.

여기에 용족이 대거 참가자 명단에 들어간 건, 상당히 의외였다.

"이 결과에 배틀넷 커뮤니티도 난리다."

그러며 그림자여왕은 자신이 띄워 놓은 화면을 가리켰다.

거기선, 배틀넷 커뮤니티의 글들이 실시간으로 올라오고 있었다.

-이번 명단 대체 뭐야?

-아레나랑 용족이랑 결탁했나?

-8레벨 이상 용족 성좌가 128명이나 있었음…….

-이번 드래곤 로드 때 용족 숫자가 폭발적으로 늘긴 했어.

-나도 시간 맞춰서 바로 지원했는데 탈락했는데…… 용족만 저렇게 걸린 건 아무래도 수상쩍다.

-이건 조사 들어가야 할 것 같은데.

─근데 누가 아레나를 조사해? 공허 관할이잖아.

용족이 토너먼트에서 반이나 들어가 있는 게 수상쩍긴 했는지.

커뮤니티에서는 용족과 아레나의 유착설이 순식간에 퍼져 나가고 있었다.

"아레나가 근데 용족 사정을 봐줄 이유가 있나?"

"스페이스 아레나를 운영하는 주체는 공허다. 공허가 한 종족 따위를 봐줄 이유는 없을 텐데."

"흠, 나중에 시간 되면 아레나의 주인에게 물어봐야겠네."

용족에게 과다하게 편중된 토너먼트 명단.

분명 이게 자연스러운 선발 과정으로 보이지는 않았지만.

'내 입장에선, 뭐 나쁘지 않아. 저들 때문에 동방삭이 참여 못 한 것일지도 모르니까.'

동방삭이 핸드폰을 떨어뜨리는 바람에, 늦게 지원했다고는 상상조차 할 수 없었던 성지한은.

그가 이번에 토너먼트 명단에 들어오지 않은 이유에 용족 덕도 크다고 생각했다.

솔직히 동방삭만 아니면, 나머지 성좌들이랑 싸워 이기는 건 자신 있었으니.

그는 이번 일이 어떻게 보면 자신에겐 긍정적으로 작용

했다고 생각했다.

"음…… 이번에 중계권 산 거, 문제가 생기진 않겠지?"

그림자여왕은 실시간으로 타오르는 배틀넷 커뮤니티의 반응을 보면서 자신의 중계권부터 걱정했다.

"토너먼트는 결국 진행되지 않겠어?"

"그렇겠지? 이번엔 제발 흑자 좀 봐야 한다……."

"저번에 얼마 날렸는데."

"너와 아소카의 경기가 너무 일찍 끝나는 바람에, 시청자들이 미처 다 들어오지도 못하고 중계가 허무하게 끝났지…… 네가 그 전에 해설자로 와 줘서 적자폭을 줄이지 못했다면, 이미 파산 상태였을 것이다."

"아하."

저번 토너먼트 마지막 경기는, 중계하긴 최악의 경기긴 했다.

보는 사람 입장에선 뭐 번쩍 번쩍 거리더니 갑자기 손봉인되면서 게임이 끝났을 테니까.

성지한이 그 전에 해설자로 나와서 아소카의 정체로 시간을 끈 영상 같은 게 아니었으면.

그림자여왕은 완전 파산 상태였겠지.

"그런 김에, 이번엔 용족 해설 어떤가?"

"성좌들 이름도 모르는 해설자가 필요하겠어?"

"저번에 보니까, 인류 상대로 영상 송출할 땐 너만 나오면 되더군. 경기 장면은 작게 잡고 넌 크게 잡을 거다."

"……뭐? 진심으로 하는 이야기냐? 그거 완전 비중이 거꾸로잖아."

"인류 시청자들은 고위 성좌들의 치열한 경기보다 네 얼굴을 보고 싶어 하더군."

저번 중계로 적자를 맛본 그림자여왕은, 인류 상대론 어떻게 화면을 구성해야 효과적인지 빨리 깨달은 상태였다.

"뭐 해설 한두 번 정도는 모르겠는데, 나도 매번 나가진 못해. 바쁜 몸이거든."

"당연히 매번 나와 달라는 건 민폐지. 여유 있을 때 잠시 얼굴만 비춰 줘도 된다. 그리고 너도 용족이 128명이나 참가해 놓고 뭘 할지 궁금하지 않나? 경기를 보면서 내가 성좌들 정보도 알려 줄 수 있어."

"흠."

동방삭이 참전하지 못했으니, 이번 토너먼트 상대가 누가 올라오든 별로 걱정은 되지 않지만.

그거와는 별개로 용족이 저렇게 성좌들 밀어 넣어 둔 속셈이 궁금하긴 했다.

그림자여왕의 정보가 있으면, 저들에 대해 더 빨리 분석해 볼 수 있겠지.

"알았어. 그럼 첫경기 시작하면, 해설자로 참여하지."

"정말인가?!"

첫경기부터 해설자로 들어가겠다는 성지한의 말에, 그

림자여왕의 얼굴이 환하게 밝아졌다.

"좋아. 바로 준비하지. 네 얼굴, 확실히 클로즈업하겠
다!"

"아, 그건 좀."

"그게 제일 중요해!"

중계권 구매 2회 만에, 그림자여왕은 인류 시청자들의
니즈를 확실히 파악하고 있었다.

"네가 가장 빛나도록 해 주지. 후후……."

"……이상한 짓 하면 다음에 안 나간다."

성지한은 음산하게 웃는 그림자여왕을 떨떠름한 얼굴
로 바라보았다.

* * *

토너먼트 256강 경기 당일.

"모두 안녕하신가."

그림자여왕은 능숙하게 카메라 세팅을 끝내곤, 시청자
들에게 인사했다.

"이번에도 스페이스 아레나의 중계, 내가 맡게 되었다.
잘 부탁하지!"

-이번에도 그림자여왕이 중계하나 보네 ㅋㅋㅋ

-독점 중계라고 해도 해설자가 반말하고 있네. 너무한

거 아님? 시청자들에 대한 예의가 없어.

　-ㄴㄴ 여왕은 저렇게 나와야 함 컨셉 지켜야지 존댓말
하면 인간 해설자랑 다를 게 뭐야?

　-ㄹㅇ 우리보다 몇백살은 더 산 엘프 여왕님이시다 그
냥 들어.

　-무슨…… 지구에서 중계할 거면 여기 룰을 따라야지 ㅉㅉ

　그림자여왕의 반말에, 시청자 반응이 호불호가 갈릴 무
렵.

　"그리고 오늘은 특별히, 대형 게스트도 모셔왔다!"

　탁!

　그림자여왕이 손가락을 튕기자, 카메라의 포커스 그림
자여왕의 옆쪽을 비추었다.

　-오! 성지한 나왔네??

　-대형 게스트 이야기할 때부터 느낌 오긴 했음 ㅋㅋㅋ

　-여왕이랑 근데 무슨 관계임? 저번에도 그렇고 자주
챙겨 주네.

　-성지한 검 아니었나?

　-요즘은 따로 활동하는 거 같던데.

　-ㄹㅇ 그림자여왕 요즘 방송하는 거 보면 전문 배틀튜
버임 ㅋㅋㅋㅋ

성지한이 등장하자, 바로 폭발하기 시작하는 유입.

그림자여왕은 폭증한 시청자 숫자를 보며 싱글벙글 웃었다.

"역시 토너먼트 중계보다 네가 나오는 게 최고다."

"너야말로 적자 봤다면서 시청자한테 반말이 뭐냐."

"흥. 그래도 쉐도우 엘프의 여왕으로서 체통은 지켜야하지 않겠나."

"이번에도 망하면 파산이라며."

"네가 왔으니 안 망한다! 그렇지 않은가!"

-저번에 적자였어요? ㅋㅋㅋㅋㅋ

-하긴 저번엔 초심자의 아레나랑 겹쳐서 시청자가 갈렸지.

-아소카가 매번 게임 10초 만에 끝내서 그런 것도 있었을 걸 영상 길이가 짧아졌잖아.

-ㅇㅇ 이번에는 저번처럼 허무하게 끝나진 않을 거야.

배틀튜브에서 유의미한 수익을 보려면, 시청자도 시청자지만 영상 길이도 확보를 해 둬야 했는데.

아소카는 그런 면에서, 최악의 중계 상대였다.

뭐 그냥 번쩍하면 게임이 10초 만에 끝났으니까.

"자. 그럼 카메라 세팅도 끝났으니, 본격 중계를 시작하지."

성지한이 자신의 옆자리에 앉자, 그림자여왕은 자신만 만한 얼굴로 시청자들에게 고했다.

그러자 바로 물음표를 띄우는 채팅창.

-?? 끝난 거 맞음?
-여왕님 화면 다시 체크 좀 해 봐요.
-ㄹㅇ 왜 중계석 화면이 경기장보다 더 커요 ㅋㅋㅋㅋ
-세팅 잘못했네 대형 게스트 모셔 놓고 이런 실수를 하네 ㅉㅉ

그도 그럴 것이.

시청자들이 보는 영상에서는, 그림자여왕과 성지한의 모습만 크게 나오고.

경기장 화면은 옆에 따로 작게 떠 있었다.

누가 봐도, 큰 화면과 작은 화면이 뒤바뀐 상황.

하나 그림자여왕은 시청자들의 반응을 보면서 짙게 웃음을 지었다.

"실수라니? 이게 인류 그대들이 원하는 것 아닌가."

"너 설마…… 야. 화면 세팅을 이렇게 하면 어떻게 해?"

"어차피 성지한 그대를 보러 온 사람이 90%가 넘는다. 중계자는 시청자들의 니즈에 맞춰 화면을 띄웠을 뿐이야."

-오…… 그런가?

-하긴, 고위 성좌들 싸움은 뭐 봐도 모르겠어서; 해설자 성지한 얼굴 보는 게 더 값질지도?

-여왕님이 뭘 좀 아네요 ㅎㅎ

-아니 그래도 이건 좀 아니죠…… 경기를 봐야지 이럼 중계하는 의미가 없잖아.

-?? 의미가 없긴 왜 없어요 지한 님 큰 화면으로 지켜볼 수 있는데 ——

그림자여왕의 말에, 시끌벅적해진 채팅창.

성지한은 한숨을 쉬었다.

"야, 빨리 화면 돌려."

"하지만 이게 진짜로 시청자들이 원하는 것……."

"계속 이럼 나 그냥 간다."

"아, 알았다."

그 말에 그림자여왕은 황급히 화면을 다시 세팅했다.

큰 화면과 작은 화면이 다시 뒤바뀌고, 정상적인 중계 세팅으로 돌아온 영상.

"그래도 이럼 네 얼굴이 안 보이니까……."

그림자여왕은 거기서, 작은 화면을 쭉 확대하고.

더 나아가 중계석에서 성지한쪽만 클로즈업하고 자신의 비중은 없애 버렸다.

"……아, 진짜 뭐 하는 건데?"

"적자 탈피 중이다."

"됐으니까 저 화면 좀 그만 키워. 원래대로 놔라."

"거참 까다롭군."

그림자여왕은 투덜거리면서도, 대형 게스트가 떠날까 봐 걱정되었는지 그의 말을 충실히 따랐다.

그래도.

"내 얼굴은 나올 필요 없겠지."

성지한 클로즈업만큼은 양보하지 않았다.

—여왕님 얼굴 짤려 버렸어…….

—여왕 영접하는 맛에 이 채널 오는 건데 ㅠㅠㅠㅠ

—이러면 채널의 주인이 바뀌어 버린다구요!

그림자여왕도 나름 팬층이 있었는지, 이 화면을 보고는 시청자 일부가 안타까워했지만.

"내 얼굴은 나중에 많이 봐라. 오늘은 성지한 데이다."

채널 주인의 의지는 확고했다.

"……대체 저번에 얼마나 적자를 본 거냐?"

"이게 다 아소카 때문이다. 성좌가 전투를 벌여야지, 빛 번쩍이고 게임을 끝내서야 영상 가치가 있겠나? 그때 중계 영상 중 살릴 만한 건 거의 없었다. 너랑 아소카의 정체를 가지고 토론한 게 그나마 나중에도 조회수가 올라갔지……."

"아, 그래."

"하지만 이번에는 다를 거다. 봐라!"

그림자여왕은 토너먼트 경기장을 향해 손가락을 뻗었다.

평소 토너먼트 때보다, 훨씬 커다란 규모의 경기장.

이를 비추는 카메라는 멀리서, 하늘과 땅을 동시에 비추고 있었다.

그리고.

휭! 휭!

하늘에서, 거대한 드래곤이 모습을 드러냈다.

-오…… 드래곤이다.

-엄청 크네 ㄷㄷ

-우리가 예전에 만난 용족보다 훨씬 커다란 듯?

-이번 건 좀 보는 맛이 있겠는데? 실제 거대괴수물이잖아 ㅋㅋㅋ

왼편에는 푸른 용, 오른편에는 검은 용이.

먼 거리에서 날개를 움직이며 서로 대치하고 있는 상황.

지금까지 고위 성좌들의 싸움에 큰 반응을 보이지 않았던 인류 시청자들도.

거대한 두 용의 전투에는 관심을 드러냈다.

일단 스케일 자체가, 보는 맛이 있을 것 같았으니까.

"사람들 반응이 좋군?"

"뭐, 둘이 붙으면 보는 재미는 있을 거 같잖아. 여왕. 두 용에 대해 알려 줘."

"음…… 이들은 '칠각七角의 청룡'과 '삼익三翼의 흑룡'이다. 둘 다 성좌 레벨 9로, 용족 중에서는 다섯 손가락 안에 꼽히는 강자들이지."

그림자여왕은 미리 조사해 둔 자료를 살피며, 입가에 웃음을 지었다.

"둘 다 전력이 비슷하다고 평가받으니, 개막전은 치열한 전투가 벌어지겠군. 이번 토너먼트, 시작이 좋아."

"용족 간의 전투라. 보는 맛은 있겠군."

7개의 뿔이 달린 청룡과, 날개 세 개가 달린 흑룡.

두 거대 개체가 하늘 위에서 싸우는 모습은, 일반 시청자들도 흥미를 지닐 것 같았다.

'초심자의 아레나도 없겠다, 이번에는 적자 면하겠네.'

참가자 중 128인이 용족인 건, 영상을 송출한 그림자여왕한텐 오히려 좋게 작용한 건가.

성지한이 그리 생각하면서 화면을 바라보고 있을 때.

"이제 곧, 시작한다……!"

그림자여왕이 기대에 가득 찬 목소리로, 경기 시작만을 기다렸다.

그리고 곧.

[아레나 경기, 시작합니다.]

게임 시작을 알리는 메시지가 떠오르자.
두 용이 서로를 향해 날아가기 시작했다.

-오, 용들의 전투 시작인가 ㅋㅋㅋㅋ
-괴수물 영화보다 훨씬 현실감 쩌네 이거.
-그깟 CG랑 실제 용이랑 어케 비교함 ㅋㅋㅋ

거대 용이 날아갈 때만 해도, 신기해하던 시청자들은.

-근데 왜 저렇게 느릿느릿 날아가지?
-그러게; 사생결단을 내야 하는 상대 아닌가…….
-브레스 안 쏨?
-ㄹㅇ 용이면 입에서 불길 한 번 쏟아 내야지;

　정작 싸워야 할 두 용이 느긋하게 움직이며 서로에게
접근하기만 하자, 뭔가 이상함을 느끼기 시작했다.
　그리고.
　지지지직…….
　칠각의 청룡의 뿔에서 푸른 뇌전이 번뜩이고.
[로드의 명, 이행하겠습니다.]
　그가 드래곤 로드를 거론하자.

[로드의 명, 이행하겠습니다.]

흑룡의 입에서도 똑같은 말이 흘러나왔다.

그러자.

파아아악!

흑룡의 몸이 폭발하며, 피와 살점이 청룡에게로 날아가기 시작했다.

그리고 그것은.

콰직. 콰직……!

청룡의 목옆에서 서로 뭉치더니, 또 다른 목과 머리를 만들어 내었다.

조금 전, 흑룡과 똑같은 모양으로.

그렇게 흑룡이 머리만 남긴 채, 흔적도 없이 사라지자.

메인 화면 위로 메시지가 떠올랐다.

[경기가 종료됩니다.]

[승자는 '칠각의 청룡'입니다.]

"어…… 끝? 이렇게 빨리……."

1경기 게임 종료까지 걸린 시간은, 겨우 3분 남짓.

그림자여왕은 멍한 표정으로, 메시지를 바라보았다.

"용족 128명인데…… 걔들도 이렇게 끝나면, 나. 파산……."

그녀의 눈동자가 부들부들 떨리다, 급기야 초점을 잃었다.

3분 만에 끝나 버린 1경기.

그림자여왕은 멍한 눈으로 중얼거렸다.

"이젠…… 파산이야…… 빚 못 갚아서 세계수 엘프한
테 끌려갈 거야……."

"……너 설마 걔네들한테 돈 빌렸냐?"

대출업이 세계수 연합이 운영하고 있는 사업 중 하나란
건, 성지한도 저번에 소환되어 봐서 알고 있었지만.

설마 세계수 연합과 불구대천의 원수인 그림자여왕이
그걸 썼을 줄은 생각도 하지 못했기에, 어처구니없다는
눈으로 그녀를 바라보았다.

"거기가 가장 이율이 싸고 돈도 많이 빌려준다. 원수의
돈으로 보란 듯이 재기하려고 했는데……."

"미쳤냐, 진짜? 근데 거기서 얌전히 너 돈을 빌려줬어?"

"직접 가긴 그래서, 대출창구로 안 가고 원격으로 대출
받았지……."

세계수 연합에서 공허 처리하는 신세로 그렇게 고생해
놓고는.

어떻게 저기서 돈을 빌릴 생각을 하지?

"야,. 차라리 내가 빌려줄……."

그렇게 말하려던 그의 눈에, 게임 종료 화면이 보였다.

세계수 연합 대출창구에 거금을 빌려서 벌인 사업 결과
가, 벌써 두 번이나 말아먹는 형국이란 말이지.

"오오…… 설마 빌려주게? 생명의 은인에게 돈까지 빌

리긴 염치가 없어서 말도 꺼내지 못했는데, 네가 가능하다면…….”

그림자여왕의 말이 끝나기도 전에.

−성지한 님 안 돼요!!!!
−밑빠진 독에 물붓기입니다 ㄷㄷ
−벌써 중계권 두 번 말아먹는 거 보면 마이너스의 손임 ㄹㅇ
−그러다가 연대 보증 설지도 몰라요, 이런 건 초장에 끊어야 함.
−우리 아버지도 저러다가 집안 말아드셨지…….

채팅창에서는 한국뿐만이 아니라, 전 세계의 시청자들이 한마음 한뜻으로 돈을 빌려주지 말라고 외치고 있었다.

딱 봐도, 주변인들 돈 다 끌어다가 사업 망하는 루트로 보였으니까.

하지만.

[R.E.GATES가 100,000GP를 후원했습니다.]
[아메리칸 퍼스트에서, 여왕님의 사업과 관련한 투자에 관심이 있습니다. 이번 방송이 끝난 후, 제가 한국으로 직접 가겠습니다.]

아메리칸 퍼스트의 실권자, 로버트 게이츠가 후원을 쏘자, 반응이 달라졌다.

–응? 저거 찐임?

–ㅇㅇ 맞음 로버트 게이츠야.

–뭐야, 왜 이 양반이 투자하려고 하지?

–그림자여왕 채널…… 근데 생각해 보면 나름 가치 있긴 함. 외계인 배틀튜브 방영해 주는 데가 여기밖에 없어.

–ㅇㅇㅇ 외계 종족 신기한 거 많더라 지구 동물 다큐멘터리보다 훨 재밌음 ㅋㅋ

–ㅇㅇ 그런 아이템이 저번 토너먼트보다 더 조회수 많이 나오던데 ㅋㅋ

게이츠 가문에서 투자 의향을 보이자마자, 그림자여왕의 채널의 가치에 주목하는 시청자들.

한편 그림자여왕은 그 메시지를 보면서, 성지한에게 질문했다.

"이 사람은 누구지?"

"세계에서 손꼽히는 부자다. 아메리칸 퍼스트 운영진 중 한명이고."

"투자라…… 내 채널 운영에 끼어들고 싶은 건가?"

"외계의 배틀튜브를 방영할 수 있는 건 큰 메리트니까.

현재로선 너랑 나밖에 할 수 없지 않나."

"그래도 인류 플레이어들의 레벨이 더 오르다 보면, 외계 채널도 볼 수 있을텐데."

"그 전에 선점하고 싶나 보지."

"호오…… 그런가."

그림자여왕은 고개를 끄덕이며, 입꼬리를 살짝 올렸다.

"나중에 한번 자리를 마련해야겠군."

"그래. 급한 불은 껐으니까 이제 본연의 업무에 집중할까?"

"본연의 업무라면…… 해설 말인가."

"어, 저거 뭐라고 생각하냐?"

성지한은 능숙한 손놀림으로 방금 전 경기를 뒤로 돌렸다.

세기의 대결을 펼칠 것 같았던 두 드래곤의 결투는, 흑룡이 스스로 폭발하면서 너무 쉽게 끝을 맺고 있었다.

"나도 자세한 연유는 모르겠다만, 용족이 128명이나 출전한 점도 그렇고. 승리한 용에게서 머리가 하나 더 생긴 걸 고려해 보면…… 드래곤 로드가 널 노리고 설계한 짓 같다."

"그래. 용들이 로드의 명을 이행하겠다고 했지…… 한데 9레벨 성좌가 순순히 자폭할 정도로, 드래곤 로드의 영향력이 그렇게 막강한가?"

"음. 그는 격이 다르지."

그림자여왕은 칠각의 청룡을 가리키며 말을 이어갔다.

"원래 용족은 강했지만, 개체수가 적은 종족이었다. 이렇게 256강으로 진행되는 토너먼트에 128명의 용족 성좌를 들이밀 숫자 자체가 없었지. 하지만 현 드래곤 로드가 용족의 지도자가 되면서부터 상황은 달라졌다."

"숫자가 갑자기 늘기라도 했나?"

"그래…… 용족의 파멸적으로 낮은 번식력이 현 드래곤 로드 때부터 확 개선되었지. 내 추측에는, 세계수 엘프에게 협력을 받은 것 같다. 용족이 엘프에게 무조건 져주기 시작한 게, 현 드래곤 로드 때부터였거든."

성지한은 미간을 찌푸렸다.

세계수 엘프는 진짜 안 끼는 데가 없네.

-이젠 그냥 뭔가 수상쩍으면 세계수 엘프를 범인으로 지목하면 되는 건가?

-그런 듯 ㅇㅇ

-드래곤이 원래 엘프보다 센 게 상식인데 약하게 나가는 게 이런 이유 때문이었나…….

-엘프 쪽엔 근데 관리자도 있잖아 그냥 저쪽 세력이 더 센 거 아님?

성지한 채널을 보면서 배틀넷 정보를 간접 습득해서 그런지.

이제 인류 시청자들도, 나름대로 세력 간의 전력을 파

악할 줄 알았다.

그렇게 드래곤 로드에 대한 이야기를 잠시 하고 있자.

[아레나 경기, 시작합니다.]

두 번째 경기의 시작을 알리는 메시지가 떠올랐다.

"오, 이번엔 드래곤끼리 매칭되지 않았다. 용족은 하나밖에 없어."

"그래? 이번엔 좀 싸우겠네."

"제발 오래 싸워 줬으면 좋겠네……."

그림자여왕은 진심으로 그리 말하면서, 경기 화면을 크게 띄웠다.

* * *

15시간 후.

[토너먼트 1일차 경기가 종료됩니다.]

성지한은 그 메시지를 보면서, 기지개를 켰다.

"이야, 드디어 끝났네."

"하루에 64경기를 진행하다니, 저번보다 타이트한 일정이었군."

"용족 놈들이 하도 빨리 끝내서 그런가 보네."

"그런 것 같다. 첫 경기 이후엔, 아레나 경기가 동시에 진행되기도 했고 말이지. 후우……."

그림자여왕은 한숨을 쉬며, 그동안 찍었던 영상들을 정리했다.

"용족끼리만 매칭되지 않으면, 나름 괜찮은 영상들이 나왔다만……."

용족 vs 용족 매칭만 아니면, 경기는 상당히 치열하게 흘러갔다.

특히 9레벨 고위 성좌들끼리 맞붙는 전투의 스케일이 상당해서.

−저번에는 인류 출신 아소카 경기만 봐서 뭐 이리 시시하나 싶었는데…….

−상당히 치열하더라 이번 토너먼트.

−거대 괴수들의 싸움, 이펙트가 화려하던데 ㅋㅋ

−근데 뭐 죄다 덩치들이 크냐; 인간급 존재는 없나?

−스페이스 리그에서 고위 성좌로 있으려면 한 덩치 해야 하나 봄;

시청자들도 저번에 비해 나름대로 즐긴 상태였다.

"이러면 적자 안 보냐?"

"……지금처럼만 풀려 주면 적자까진 안 볼 것 같다만,

128강에 용족이 대거 올라간 게 문제다."

"용족이 세긴 하더라."

토너먼트에서 다른 종족과의 매칭에서, 60-70% 확률로 승리를 거머쥐었던 용족.

128강의 32개 슬롯에는 이미 많은 용족들이 올라가 있는 상태였다.

"머리 두 개끼리 만나면, 4개가 되는 건가."

"그걸 보기 위해서 계속 해설 나오는 게 어떤가?"

"아, 됐어. 15시간이나 할 줄은 몰랐거든. 거기에."

성지한은 머리가 두 개씩 달린 용들을 떠올리며 말을 이었다.

"머리 둘 생긴 9레벨 성좌…… 이들이 머리가 한 개 더 생겨서 강해진 거면, 나도 대비를 해야 하거든."

"하긴, 9레벨 성좌만 해도 강력한데, 거기서 더 강해졌으면 준비를 해야겠군."

"어. 수련장에 좀 머물러야겠어."

동방삭이 출전하지 않을 때만 해도, 9레벨 성좌야 그래도 이기겠거니 싶었고.

실제로 용족끼리 매칭되지 않아, 치열하게 싸운 9레벨 성좌들의 전투를 봐도 저 정도는 어렵지 않아 보였다.

하지만.

'용의 머리가 합체된 게, 그냥 숫자만 늘어난 게 아니겠지. 많은 적든 힘이 강화되었을 거다.'

지금이야 머리가 2개지.

토너먼트가 쭉 진행되면, 저 머리 숫자가 몇 개까지 늘어날지 몰랐다.

그 전에 미리미리 지금 가진 힘을 최대한 활용하여, 상대와 싸울 준비를 해야지.

해설을 할 때가 아니었다.

"알겠다. 나도 그대가 수련할 동안, 저들을 분석해서 자료를 만들어보겠다."

"오, 그래 부탁 좀 할게."

그렇게 용 머리가 늘어난 걸 본 성지한이 수련장에 들어가고.

그림자여왕은 2일간 혼자 해설을 진행했다.

그렇게, 성지한이 빠지고 드러난 성적표는.

-여왕님 첫날에 비해 너무 없는데요 시청자가…….

-1/10토막인가……? 이러다 망하는 거 아님?

-적자 확정인가여 이럼?

처참하기 짝이 없었다.

동시 시청자는 성지한 때보다, 10%도 채 나오지 않는 여왕의 채널.

-고위 성좌들 싸움 더 느리게 보여 줘야 할 듯요 넘 빠름;

-성지한 님이 그래도 인간 입장에서 속도 조절 잘해
줬는데…….

-얘네들 전투는 너무 고차원적이다…… 그냥 브론즈
들이 땅바닥에서 구르는 게 더 재밌어.

-ㄹㅇㅋㅋㅋ

-여왕님 아무래도 투자 좀 받으셔야 할 듯.

그녀는 인류 시청자들의 훈수를 들으며 얼굴을 일그러
뜨렸다.

'혼자서는 도저히 안 되겠군.'

이대로 가다간, 아메리칸 퍼스트에게 투자를 받아도 파
산이다.

'객원 해설자로 화제성 있는 인물들을 불러야 해…….'

그녀는 어떻게든 세계수 연합 대출창구에 안 끌려가기
위해, 자신이 현재 알고 있는 인맥을 총동원했다.

그렇게 해서 4일째에 부른 해설자는.

"여왕님. 해설자로 불러 준 건 고마운데, 저 진짜 아무것
도 모르는데요? 겨우 마스터따리가 여기 있어도 될지……."

바로 윤세아였다.

* * *

"세아 넌 얼굴만 비추면 된다."

"음. 그래 봤자 삼촌 때랑 비교하면 시청자수 처참하게 차이날 텐데……."

"애초에 성지한과 맞먹을 건 기대도 안 했으니 걱정 마라."

"헤헤. 그럼 그냥 부담 없이 합니다?"

-오 윤세아 나옴 ㅋㅋㅋ

-여왕님 급했네.

-근데 해설론 안 어울리지 않나…?

-어차피 이젠 해설 별로 안 중요하잖아 .

-그렇긴 해 별들의 전쟁 이야기 들어도 감이 안 오니까.

성지한에 비하면 주목도가 훨씬 적긴 했지만.

"세아. 사람들이 남자친구 있냐고 물어보는군."

"그거 이미 천 번 넘게 답변한 거 같은데…… 없어요!"

"이상형은 어떻게 되냐고 하는데."

"음…… 삼촌도 이길 수 있을 만큼 강하고…… 덤으로 잘생긴 사람이요!"

"'사람'?"

"당연히 사람이죠, 그럼 외계 종족 만나요?"

"평생 독신으로 살겠군."

그래도 이제 세계 2위라고 주목받는 그녀가 나와서 토크를 나눠서 그런가.

1일차 이후 계속해서 떨어지던 시청자 숫자가 4일 차에 크게 반등 할 수 있었다.

'좋아. 이러면 이 기세를 몰아서…….'

이제 128강에 들어서는 토너먼트.

그림자여왕은 분위기를 더 반전시키기 위해, 또 다른 게스트.

[……나보고 해설을 하라고 하다니. 너 정말 급한가 보네.]

성지아를 불렀다.

"어차피 집에서 하는 것도 없지 않느냐."

[여왕아. 오늘 먹은 아침밥 누가 만들었어?]

"그냥 전자레인지에 데운 거 아니었나? 그거."

[아니거든? 하아. 내가 이 몸으로 어떻게 요리를 하는데…….]

"아, 그랬나? 미안하군. 흑자 나면 GP 더 챙겨 주마."

석상 상태로 가만히 이를 듣던 성지아가, 그림자여왕을 노려보았다.

[아니, 그거 이상하지 않아? 원래 출연료는 프로그램이 적자라도 챙겨 줘야 하는 거야. 흑자 나면 챙겨 준다니, 악덕 고용주 아니니?]

"그, 그치만 GP가 없는 걸……."

[없으면 다야? 투자 받으면 되잖아. 빨리 투자받아서, 내 딸이랑 동생한테 적정 GP 지불해. 특히 지한이한테는 네가 버는 거 반은 줘야 할 거 같던데?]

"그건 좀……."

그냥 해설자로 나와 달라고 하니 별 조건 안 걸었던 윤세아와는 달리.

조목조목 따져 가면서 여왕에 성토하는 성지아.

'괜히 불렀나……'

어제 윤세아의 시간을 너무 많이 빼앗아서, 이번엔 집에 있는 성좌 성지아를 불러 본 건데.

경기 시작 전부터 이렇게 잔소리 폭격을 들을 줄은 몰랐다.

하지만.

ㅡ헐 어젠 윤세아 나오더니 오늘은 성지아님? ㄷㄷ

ㅡ야, 여왕 인맥 쩌는데?

ㅡ한집에 사는 사람 다 끌고 나온다고 함 ㅋㅋㅋㅋ

ㅡ성지아 님!!! 검왕님이랑 이혼했다는 소문이 있던데 진짠가요?

성지아가 나오자, 시청자들의 숫자는 어제보다도 더 올라가고 있었다.

물론.

[네. 갈라졌어요, 저희.]

토너먼트 경기보다는, 성지아의 이혼설에 관심을 보이기 시작한 사람들이었지만.

─아니 왜…….
─그렇게 사이좋은 부부였는데 ㅠ
─왜긴 왜야 검왕이 딴살림 차렸었잖아 ──
─누가 일본 갔음? 딸도 버리고.

그림자여왕은 그러면서 폭발적으로 반응이 나오는 채
팅창을 보며, 눈을 동그랗게 떴다.

인간 사회에는 어느 정도 익숙해진 여왕이었지만.

'이혼'이란 단어가.

그것도 세계에서 가장 유명한 커플 중 하나인 검왕 부
부가 갈라진 게, 얼마나 어그로를 끌지에 대해선 미처 예
측하질 못했던 것이다.

─그건 세뇌 때문에 그런 거 아니었냐???
─그래도 용납이 안 되지!
─세뇌로 어쩔 수 없이 실수한 건데 한 번만 용서해 주
세요 ㅠㅠ
─뭘 용서; 용서하면 또 합니다.

"……헤어진 거 가지고, 왜들 이래?"

4장

4장

그림자여왕은 화제가 이쪽으로 넘어가자 이해가 되지 않는다는 표정으로 성지아를 바라보았다.

"살다 보면 헤어질 때도 있는 거지 왜 이렇게 난리인가?"

[원래 사람들이 가장 재밌어하는 주제 중 하나야 이거. 물고 뜯기 좋거든.]

"그, 그래? 난 네가 성좌라서 초대한 건데, 미안하군. 채팅창에서 이혼, 금지어로 지정하겠다."

[됐어. 금지어 해 봤자 다들 알아서 우회하거든. 그냥 떠들라고 놔둬.]

"……하긴. 그럼 게임이나 지켜보자."

성지아가 대수롭지 않게 대답하자, 그림자여왕은 얼른

게임 화면을 크게 키웠다.

거기서는, 머리가 두 개씩 있던 용족이 대치하다.

[로드의 명, 이행하겠습니다.]

또다시 한쪽이 터지고 있었다.

그러고는 살아남은 드래곤을 향해, 또다시 가는 피와 살점들.

그들은 2개의 머리 옆에 모여, 꿈틀거리며 또 무언가를 만들어 내기 시작했다.

-머리 2개 터졌으니 2+2 되는 거임?
-나중에는 머리만 졸라 많아지겠네 ㅡㅡ;
-근데 머리 늘어나면 얼마나 세지나?
-어…… 이번엔 1개만 늘었네.

파직!

융합이 끝나고, 총 3개가 된 용의 머리.

그림자여왕은 그걸 보면서 눈을 가늘게 떴다.

"머리가 2개가 늘지 않은 건 다행이다만, 저래서 얼마나 강해졌는지는 모르겠군."

[얼마나 강해졌냐고? 2개였을 때보다, 30퍼센트 정도 강력해졌네.]

"그걸 파악할 수 있나?"

[나는 어느 정도 파악이 가능해.]

그러면서 성지아는 이마에서 밝게 빛나는 신안을 손가락으로 가리켰다.

"오…… 그럼 원래 1개에서 2개 될 때도 30퍼센트 강해진 건가?"

[그땐 4-50퍼센트 정도. 개체마다 마력 증가율 차이가 있었어.]

"그럼 머리 3개라도 9레벨 성좌의 힘이 2배 이상 세진 건 아니군."

[50퍼센트 강해진 개체가 30퍼센트 더 강해졌으면, 2배에 근접은 하지.]

그림자여왕은 힘의 증가 폭을 계산하는 신안을 보면서, 눈을 반짝였다.

"성지아, 이번 토너먼트에서만 고정 게스트로 나와주지 않겠나?"

[고정? 이걸 계속 나오라고?]

"네 동생한테 성좌들 힘 분석해서 알려 주기로 했는데, 네 권능으로 보는 게 정확할 거 같거든."

[아…… 그런 거면, 알겠어.]

성지한이 결승 끝나고 싸워야 할 상대는, 아무리 봐도 저 합체 용족 같았으니까.

성지아는 동생에게 상대 전력을 분석해 주기 위해, 여왕의 제안을 승낙했다.

그리고 그렇게 진행된 토너먼트 64강.

[머리 4개…… 20퍼센트네. 증가 폭은 점점 약해져.]

–어휴 다행이네, 머리 4개라서.

–머리가 제곱으로 늘어나나 싶었다 ㅋㅋㅋ

–그래도 9레벨 성좌 때보다 엄청 강해진 거긴 해서 긴장을 놓을 순 없음.

–ㅇㅇ 힘 증가 폭은 낮아져도 어쨌거나 결승전까지 가면 괴물 드래곤이 될 듯.

토너먼트 라운드가 올라갈 때마다 머리가 정직하게 1개씩만 늘어나는 용족.

사람들은 이 숫자를 보면서, 최악의 상황은 피했다며 안도하고 있었다.

그리고, 경기가 빠르게 진행되며 토너먼트는 어느덧 16강에 진입했다.

–와 죄다 용족이네??;

–다른 성좌 하나도 없음.

–ㅇㅇ 머리 늘어난 용족 못 이기더라 다른 성좌들이

–9레벨 성좌가 힘까지 세졌는데 감당이 안 되지;

16강이 되니, 용족 말고는 죄다 전멸한 다른 성좌들.

그림자여왕은 이걸 보며 얼굴을 찌푸렸다.

"이거 오늘 안에 결승까지 갈 거 같다."

[오늘이 문제가 아니라, 몇 시간도 안 걸릴걸? 용족끼리는 자폭하면 금방 끝나니까.]

"그렇지. 경기장 세팅하는 게 시간이 더 걸리지……."

용족이 토너먼트를 지배하면서, 그림자여왕의 중계는 이미 망해 버린 상태였다.

용들끼리 만나면 로드 이야기하면서 자폭하는 데 3분도 안 걸리고.

용과 다른 성좌가 만나도, 머리가 많아서 강해진 용족은 상대를 금방 압살했다.

'투자받아도 대출 갚을 수 있을지 모르겠네…….'

그림자여왕이 그렇게 자신의 압도적 적자를 예견하고 있을 때.

-이젠 머리 6개 되겠지?
-16강 6개, 8강 7개, 4강 8개, 결승 9개…….
-성지한은 최종적으로 머리 9개랑 싸우는 건가 ㅋㅋㅋ

시청자들은 전투에는 관심을 두지 않고, 머리 개수가 몇 개 될지를 따지고 있었다.

어차피 싸움이야, 한쪽이 자폭하면서 순식간에 끝날 테니.

최종적으로 성지한이 싸울 상대가 어떤 모습인지, 그거

나 가늠하기로 한 것이다.

"성지한, 아직 안 나오지 않았나?"

[어. 수련장에 오래 머무네 이번엔.]

"음…… 분석 자료를 건네기도 전에 강제 소환될 수도 있겠는데. 오늘 경기는 순식간에 끝날 테니까."

기껏 준비했는데, 쓸데가 없어졌네.

그림자여왕이 아까워할 때.

게임 화면에서는 예전처럼 머리가 터져 나가고 있었다.

"이제 6개가 되겠네."

지금까지 모두 머리가 1개씩 늘었으니 또 그러겠지.

그림자여왕이 피와 살점이 살아 있는 드래곤에게 날아가는 걸 보며, 심드렁하게 말했지만.

[……응? 아니, 뭔가 이상한데?]

그다음 펼쳐진 광경은 기존과는 좀 달랐다.

상대 드래곤이 폭발한 잔해가, 5개의 머리를 감싸더니.

이것들도 모두 융합하기 시작했다.

[이번 합체는 시간 꽤 걸리네?]

"그러게. 성지한이 복귀할 시간은 벌었군."

[왜 안 오나 몰라 얘는.]

그렇게 머리가 분해되고, 다시 뭉친 지 1시간쯤 지났을까.

스으으으…….

용족의 머리가 있던 자리엔.

원래의 것과는 전혀 느낌이 다른 머리가 자리 잡고 있었다.

이건.

"용의 머리라기보다는⋯⋯."

[생김새가 뭔가, 뱀에 가까운 것 같은데?]

기존의 용과는 달리 길쭉한 암적색의 머리는, 모양이 뱀을 닮아 있었다.

[경기가 종료됩니다.]

[승자는 '칠각의 청룡'입니다.]

그렇게 융합이 완전히 끝나자, 떠오르는 메시지.

—이번엔 머리 6개가 되질 않았네?

—뭔가 생김새가 영 안 어울린다;

—ㄹㅇ 용 몸통이랑 안 맞는 거 같음.

—용도 사실 도마뱀 머리의 일종이라 엄청 차이는 안 날 거 같은데⋯⋯ 영 언밸런스하네.

—일단 색깔이 이상해 ㅋㅋ 검붉은 머리랑 청룡의 몸이니.

사람들이 한참 새로운 머리에 대해 안 어울린다면서 품평을 하고 있을 때.

스으윽…….

그림자여왕 중계실의 천장에서.

"여기 있었네."

성지한이 머리를 내밀었다.

* * *

투성에 위치한 황금의 탑.

토너먼트의 경기를 지켜보던 피티아는, 용족의 변화 양상을 보면서 얼굴을 찌푸렸다.

"……저 머리, 주인님이 꺼내던 것과 비슷한데."

머리가 한 개씩 늘어나다가, 6개째에서 길쭉한 뱀의 머리로 진화한 드래곤.

한데 거기서 나타난 뱀의 형상은, 피티아에게도 익숙한 것이었다.

예전에 무신이 기억을 살펴보겠다고, 그녀를 집어삼켰을 때.

만들어 냈던 뱀의 머리가 딱 저렇게 생겼으니까.

"왜 그 머리가 저기에…… 주인님이 쓰신 게 드래곤 로드의 권능인가…… 아니면……."

"뭐야, 뱀 새끼 머리가 왜 저기 있어?!"

탑과 합체돼서, 머리만 나와 있던 길가메시가 그리 소리치자.

피티아는 손을 들었다.

"야, 너 자꾸 내 배틀튜브 훔쳐본다? 내가 보지 말랬지?"

"으윽……!"

빡!

길가메시의 머리를 스매싱하고는, 화면을 끄려는 피티아.

하나 길가메시는 그녀가 배틀튜브를 종료하기 전에, 황급히 소리쳤다.

"자, 잠깐! 이상하지 않느냐. 드래곤 로드랑 뱀이랑 머리가 같은 게!"

"……주인님은 단지 뱀의 머리도 소환할 수 있을 뿐이지, 저게 진짜 머리가 아니야."

"무슨 소리. 내가 그와 처음으로 계약한 인류다. 그는 원래 뱀의 형상이었어!"

"나를 구원해 주셨을 때는, 적의 일족 형상이셨거든?"

"그건 그놈이 그 형태로 변장한 거다! 원래의 모습, 태초의 계약 때 진면목을 드러냈을 땐 뱀의 형상이었다고!"

길가메시가 열변을 토하자, 피티아가 피식 비웃음을 흘렸다.

"아, 그 사기당한 계약? 그렇게 말하니까 더 가짜 같네. 너한테 거짓 계약을 하기 위해, 거짓된 형상으로 계약을 진행하셨겠지!"

"크으윽……! 아니야. 저게 맞다고!"

파악!

피티아는 길가메시를 또 한 차례 쳤다.

"넌 눈동자 굴리지 말고, 빨리 탑이랑 완전 합체나 해. 이제 지구 갈 날이, 얼마 안 남았으니까."

"대체 뭘 하려고……."

"몰라도 돼. 넌."

피티아는 그러면서 배틀튜브 화면을 끄고는, 사라졌다.

그렇게 탑에서 혼자 방치된 길가메시는, 곰곰이 생각했다.

'용족의 머리가 합체한 게, 무신의 머리랑 똑같다니. 무신, 설마 용족이나 로드와 연관이 있었나…….'

길가메시는 기억을 떠올려 보았다.

얼굴을 매번 어둠으로 가리고 있던 무신이었지만.

태초의 계약 때 드러난 모습은 검붉은 뱀의 머리.

확실히 저 형상이었다.

'후손 놈한테, 알려 줘야겠군…….'

이미 성지한을 자신의 후손이라고 맘대로 확정한 길가메시는.

이리저리 눈동자를 굴렸다.

피티아는 자리를 떴으니, 메시지를 보내기엔 지금이 최고의 기회였다.

지이잉…….

황금의 탑과 합체된 몸 부위 중 오른손 쪽에서, 핸드폰이 튀어나오고.

파스슥!

그는 잽싸게 오른손으로 핸드폰을 쥐고는, 탑 안에 가져다 놓았다.

[성지한. 용족이 합체해서 생긴 뱀의 머리, 무신의 것과 똑같다.]

[……맨날 무신보고 뱀 거리더니, 어둠 속의 얼굴이 저렇게 생겼었나?]

[그래. 내가 저 얼굴과 계약했다. 무신의 출신, 용족과 관련되어 있을지도 모르겠다. 주의하거라.]

[그래.]

[그리고 피티아가 이제 지구 갈 날 얼마 안 남았다고 하더군…… 그것도 대비해야 할 거다.]

그렇게 길가메시가 나름대로 아는 정보는 싹 다 전달하고 있을 때.

저벅. 저벅.

사라졌던 피티아가 다시 돌아왔다.

"길가메시. 너…… 뭐 했어?"

"……이 상태로 뭘 한단 말이냐? 완전히 묶였는데."

"음…….."

의심스러운 눈으로, 길가메시를 바라보던 그녀는 자리에 앉았다.

"허튼짓하지 마라. 다 아니까."

알긴 뭘 알아.

이미 보낸 문자만 몇 갠데.

길가메시는 그렇게 생각하면서도, 겉으로는 태연하게 연기를 했다.

"이 상태로 어찌 허튼짓을 한단 말이냐? 나를 그만 우롱해라."

"……뭔가 수상쩍단 말이지."

그녀는 자리에 앉은 채, 배틀튜브를 다시 켰다.

"이거 좀 보여 주더라도, 곁에서 감시해야겠어."

"흥, 나야 고맙군. 무료함을 덜 테니."

그렇게 둘은, 불편한 기색으로 성지한의 토너먼트를 같이 지켜보기 시작했다.

그리고.

콰직. 콰직……!

토너먼트 화면에선, 여느 때처럼 용족의 머리가 터지고 있었다.

그리고.

"무신 머리가 또 생겨났군."

"주인님 머리 아니거든, 저거?"

파악!

길가메시가 몇 번이고 뱀의 머리를 무신의 것이라고 해서 매를 벌고 있는 와중.

어느덧 게임은 결승까지 초 스피드로 진행되고 있었다.

뱀의 머리로 변한 후부터는, 서로의 머리가 폭발해도

이게 2개, 3개로 증식되질 않던 용족.

결승전에선 똑같이 검붉은 뱀의 머리를 지닌 용족 둘이 대치하고 있었다.

그리고.

[로드께서, 강림하십니다.]

매번 로드의 명을 이행하겠다고 말하던 용족들은.

결승이 되어서야 진정한 목적 '강림'을 이야기했다.

지이이이잉……!

그러자, 결승전에 올라선 두 용의 몸이 폭발하지 않고, 합치더니.

스스스스…….

실체가 확실했던 뱀의 머리가.

오히려 흐릿해지며, 반투명하게 변하기 시작했다.

─뭐야 이거…….

─드래곤 로드 강림하는 거야??

─이 짓거리 하려고 128명의 용을 들이민 건가 ㄷㄷ

─아니 이건 반칙 아닙니까? 아레나에서 제재해야 하는 거 아니에요?

─그러려면 애초에 128명의 용족이 참가했을 때부터 제재하지 않았을까. 서로 한통속 아님?

드래곤 로드의 강림 이야기를 듣고는, 이게 말이 되냐

고 격분하는 시청자들.

하지만 아레나는 토너먼트를 멈출 기미를 보이지 않았다.

오히려.

[토너먼트 최종전이 시작합니다.]

결승전이 끝나기가 무섭게, 성지한을 바로 소환하고 있었다.

번쩍! 번쩍!

최종전의 무대에, 소환된 두 존재.

뱀의 길쭉한 머리를 지닌 블루 드래곤 '칠각의 청룡'과.

봉인된 적색의 손을 지닌 성지한은 서로를 마주 보았다.

드래곤에 비하면, 작디작은 인간, 성지한은.

그를 물끄러미 올려다보았다.

"너 드래곤 로드냐?"

[그렇다. 나의 힘을 온전히 끌어오지는 못했지만, 아바타가 되기엔 부족함이 없는 몸이지.]

"흠…… 그 머리는, 원래 네 머리고?"

성지한의 물음에, 드래곤 로드는 이를 쉽게 긍정했지만.

[그렇다.]

"너 무신이랑 무슨 관계냐?"

[……무신? 그가 왜 나오지?]

성지한의 다음 질문은, 바로 이해하질 못했다.

"그 녀석 머리도, 그렇게 생겼거든."

[뭐…….]

* * *

[무신이면, 방랑하는 무신을 뜻하는 게 맞느냐?]

드래곤 로드는 이해가 가지 않는다는 듯, 성지한에게 반문했다.

"맞아."

[그가 나와 똑같이 생겼다고? 그럴 리가.]

스으으윽.

로드는 뱀처럼 생긴 머리를 움직였다.

[이 형상은, 용족 중 나만이 지닌 것이다. 네가 본 무신의 형상은 비슷한 아류겠지.]

"흠…….."

무신이 자신의 머리와 닮을 리가 없다고 단언하는 드래곤 로드.

'내가 무신의 머리를 실제로 보질 못해서, 저 말에 반박하기가 애매하긴 하다만.'

무신과 드래곤 로드의 연관성에 대한 건, 길가메시가 커뮤니티에서 알려 준 정보가 전부였으니.

드래곤 로드가 그럴 리 없다고 부인하면, 실제로 보지 못한 성지한 입장에서야 더 할 말이 없긴 했다.

하지만.

"그래도 이상하네. 내가 본 거랑 똑같이 생겼던데?"

성지한은 일단은 자기가 진짜 본 것처럼 우겨 보았다.

단지 생김새가 비슷한 것만으로는, 길가메시가 똑같다고 할 것 같진 않았으니까.

거기에.

'내가 직접 본 것처럼 이야기를 안 하면, 정보를 건네준 길가메시가 취조를 받을지도 모른다.'

성지한이 길가메시를 그다지 신뢰하는 건 아니었지만.

그렇다고 나름 정보를 물어다 주는 그를, 이렇게 버리기는 애매했다.

여기선 일단 자신이 직접 본 척하면서, 길가메시를 용의자 선상에서 벗어나게 해 주는 게 낫겠지.

그래서 성지한은 한 단계 더 나아갔다.

"그래. 혹시 너 애완동물 시절 때 복제라도 된 거 아니야?"

[……너 지금, 뭐라고 했느냐?]

"복제? 복제야 있을 법하잖아."

[그 앞에 말이다. 무슨…… 시절이라고?]

"아, 애완동물? 손이 그러길 적색의 관리자의 애완동물이었다던데 너. 태양왕은 적색의 제자고."

[…….]

스스스스……

성지한의 직설적인 '애완동물' 호칭에, 드래곤 로드는
말문을 잃었다.

그리고.

-와 드래곤 로드한테 저 소리를 하네 ㄷㄷ
-근데 드래곤 로드가 진짜 적색의 관리자 애완동물이
었어?
-관리자가 타고 다녔다는 소문은 있었는데 다들 설마
했지 누가 대성좌를 타고 다녀;;
-태양왕이 제자였던 것도 난 처음 들음.

최종전을 바라보던 외계의 시청자들은, 성지한이 공개
한 내용을 잘 몰랐는지 이를 빠르게 공유하고 있었다.

안 그래도 봉인된 적색의 손이 어떻게 될지, 시청자들
이 최종전을 보러 엄청나게 몰려들어 있었는데.

이렇게 되면, '드래곤 로드 = 관리자의 애완동물'설이
배틀넷 커뮤니티에서 정설로 자리 잡을 것 같았다.

성지한이 한 눈으로 그렇게 뜨거운 채팅창 반응을 바라
볼 때.

[팔만 자르고 살려 두려 했는데. 죽음을 자초하는구나.]

화르르륵……!

드래곤 로드가 강림한, 블루 드래곤의 몸이 불타오르기
시작했다.

9레벨 성좌의 몸을 순식간에 잠식한 불길은, 뱀의 목만을 남긴 채.

사방을 잠식해 나갔다.

[아니…… 네 죄는, 너의 죽음으로 갚기엔 너무나도 중하다. 네 종족도 책임을 져야 할 것이다.]

"과거에 애완동물이었다는 거 말했다고 인류한테 책임을 묻겠다고? 무슨 로드가 그렇게 속이 좁냐?"

성지한은 그렇게 말하다 피식 웃었다.

"아, 하긴. 애완동물로 살아온 용생이 길어서 그런가. 좁을 수도 있겠다. 인정할게."

그 말을 듣자, 더 거세지는 불길.

관리자의 애완동물이란 말이, 드래곤 로드에게는 확실히 역린으로 작용하는 것 같았다.

그래도.

'분노는 하되, 힘을 성급히 쏟아 내진 않네.'

성지한의 도발에 화를 내긴 했어도, 드래곤 로드는 감정적으로 그를 들이치지는 않았다.

오히려, 블루 드래곤의 몸통을 불태우면서.

착실하게 경기장 안을 자신의 불길로 장악해 나가고 있었다.

이제 상대는 불꽃 속에서 기다란 뱀의 목만 있는 형상이었지만.

몸이 있을 때보다, 저기서 풍기는 마력은 훨씬 강력해

졌다.

'애완동물 소리로 더 뒤흔들 순 없을 것 같으니…… 선공을 취해야겠군.'

성지한이 그리 생각하며, 인벤토리에서 봉황기를 꺼내들었을 때.

[대성좌 '태양왕'이 정말 방랑하는 무신과 드래곤 로드의 머리가 똑같냐고 묻습니다.]

그의 후원 성좌로 들어왔던 태양왕이 갑자기 메시지를 보내왔다.

"어, 완전히 똑같아. 저 검붉은 뱀의 머리, 무신도 지니고 있었어."

실제로 본 건 길가메시의 메시지 한 줄임에도 불구하고, 태연한 얼굴로 확신하는 성지한.

태양왕은 이에 바로 응답했다.

[대성좌 '태양왕'이 방랑하는 무신이 있는 장소를 알아내면, 당신에게 막대한 포상을 내리겠다고 약속합니다.]
[그러면서 만약 '태양핵'을 무신이 있는 곳에 놔둔다면, 플레이어와 인류를 절대로 건드리지 않겠다고 약속합니다.]

태양핵의 용도에 대해선 이제 딱히 숨길 생각도 없는지, 무신이 있는 장소에 놔두라는 태양왕.

정작 머리 모양 똑같은 드래곤 로드는 자기 머리만 유일하다며, 무신의 것은 아류라고 확신하는데.

제3자인 태양왕이 오히려 무신의 정체에 대해 무언가 알고 있는 것 같았다.

'……설마 진짜 이놈이 복제라도 했나?'

아까 드래곤 로드에게 너 애완동물 시절 복제라도 된 거 아니냐고 말한 건, 그냥 그를 도발하려고 한 이야기였는데.

어째 태양왕이 이상하게 반응을 하네.

성지한이 가만히 태양왕이 보낸 메시지를 보고 있을 때.

번쩍!

[대성좌 '태양왕'이 그때까지 살아남으라며, '태양의 가호'를 내립니다.]

아레나를 환하게 비추고 있던 태양에서 강렬한 빛이 뿜어져 나오더니.

경기장에 서 있는 성지한을 향해, 태양 빛이 그대로 모여들기 시작했다.

그러자 봉황기에 모인 화력이, 한층 더 강력해졌다.

'이거, 나름 버프 효과가 있군. 이것저것 따져 보면, 한

20퍼센트 정도 효율을 보이겠어.'

언제는 성지한을 금방이라도 잡아 죽일 듯 나오더니, 갑자기 우군이 되어 준 태양왕.

드래곤 로드에게 선수를 빼앗겨서 그런가.

아니면 방랑하는 무신의 진짜 모습이 로드와 닮았다는 것 때문에 그런 건가.

태양왕의 진의는 아직 확실히 파악할 수 없었지만, 성지한은 일단 준 버프를 잘 써먹기로 했다.

화르르륵……!

봉황기가 한층 더 강력히 불타오르자, 드래곤 로드의 시선이 하늘을.

정확히는 태양을 향했다.

[태양왕…… 스페이스 아레나에 개입을 하려 드는가? 대가가 막대할 텐데.]

아무리 대성좌라 해도, 아레나 최종전에 버프를 내리는 건 쉽지 않은 일이었다.

드래곤 로드는 이를 지적했지만.

[키우던 짐승이 주인의 것을 욕심내는 걸 지켜보느니, 제자가 스승의 성취를 이어 가는 게 올바르겠지.]

하늘에서, 태양왕의 음성이 들려왔다.

드래곤 로드를 명확히 짐승으로 지칭하는 그 말에.

화르르륵……!

드래곤 로드의 불길이 더욱 거세졌다.

[허…… 제자? 노예나 다름없던 놈이 기억을 미화하는 구나.]

[너만 할까. 바닥을 뒹굴며 스승께 아양을 떨던 뱀의 모습이 아직도 내 눈에 선한 것을.]

[……관리자가 되면, 너의 빛부터 앗아 가겠다.]

번뜩!

그러면서 성지한의 오른팔을 노려보는 드래곤 로드.

[팔을 내놓고 죽어라, 성지한.]

그 말이 끝나기가 무섭게.

경기장이 순식간에 거대한 불길에 뒤덮였다.

* * *

투성에 위치한 황금의 탑.

피티아는 미간을 찌푸린 채, 토너먼트 최종전을 바라보고 있었다.

'성지한이 저걸 어떻게 알고 있지?'

조금 전, 길가메시랑 무신의 머리를 가지고 설전을 벌였던 피티아는.

최종전에서 성지한이 바로 이를 터뜨리자, 수상함을 느꼈다.

"길가메시. 너…… 설마 성지한이랑 연락하고 있어?"

의심스러운 눈으로, 길가메시의 머리통을 보는 피티아.

그녀의 손은 이미 길가메시의 머리 위로 올라가 있었다.

'이 망할 후손 놈이, 그걸 바로 말하면 어쩌라는 거냐……!!'

아니, 문자 보낸 지 얼마나 됐다고 그걸 바로 까발려?

길가메시는 속으로 이를 갈았지만, 일단은 최대한 모르는 척하기로 했다.

마침.

[내가 본 거랑 똑같이 생겼던데?]

배틀튜브 화면에서도, 성지한은 태연하게 자신이 보았다고 하고 있었다.

"머리밖에 안 남은 내가 어떻게 연락을 하나! 저거 봐라! 자기가 직접 봤다지 않느냐!"

"그놈이 주인님 얼굴을 볼일이 어디 있어?"

"그걸 내가 어떻게 알겠나! 말도 안 되는 모함을 하지 말고, 때리고 싶으면 그냥 때려라!"

"……."

피티아는 길가메시를 차가운 눈으로 내려다보았지만.

[어, 완전히 똑같아. 저 검붉은 뱀의 머리, 무신도 지니고 있었어.]

화면 속 성지한이 진짜 본 것처럼 계속 이야기를 하자, 의심을 살짝 가라앉혔다.

"……일단은 넘어가지. 하지만, 지구에 가기 전까지 이젠 계속 옆에서 감시해야겠어."

"흥. 계속 있겠다니…… 내가 그리 좋은가? 나의 첫 반려답구나."

"반려? 이 미친놈이 진짜…… 그 입, 없애 버린다."

쾅! 쾅!

반려란 소리에 눈이 돌아간 피티아가 길가메시의 머리를 작심하고 구타하고 있을 때.

스스스스…….

[잠깐 멈추어라.]

피티아의 등 뒤에, 무신의 형상이 떠올랐다.

어둠 속의 붉은 눈은 원래도 불길하게 빛나고 있었지만.

오늘은, 내보이는 힘이 한층 더 흉흉했다.

"앗. 알겠습니다, 주인님."

피티아가 주먹질을 멈추고 얼른 무릎을 꿇자.

무신은 스산한 눈으로 둘을 내려다보았다.

[내 머리에 대해, 발설한 이가 누구냐.]

"그, 그게……."

[아니, 물어볼 필요가 없군. 살펴보면 그만이니.]

스스스스……..

어둠 속에서, 튀어나오는 뱀의 머리.

그것은 일단 피티아부터 집어삼켰다.

뱀의 머리 안에서, 피티아의 기억부터 살피는 무신을 보면서.

길가메시는 생각했다.

'……진짜 똑같이 생겼군.'

피티아가 띄워 놓았던 배틀튜브 속 드래곤 로드와, 무신이 소환한 뱀의 머리.

분명 둘의 크기는 달랐지만, 생김새는 완전히 똑같았다.

이 정도면 진짜 드래곤 로드가 아류라고 폄하할 게 아닌데.

한편.

[……너희 둘이, 분명 이와 관련된 대화를 했구나.]

팍!

피티아의 기억을 읽은 무신은, 그녀를 다시 밖으로 내뱉었다.

그러곤 그의 두 시선이 길가메시를 향했다.

[길가메시. 네가 알려 주었나.]

"……허! 머리밖에 안 남은 내가 어떻게 알려 주겠나?"

기억을 읽는 상대.

그에게 거짓말을 해 봤자, 어차피 금방 탄로가 날 일이었지만.

길가메시는 최대한 반항을 해 보았다.

어차피 이실직고한다 한들, 봐줄 상대도 아니고.

최대한 뻗대 보기로 한 것이다.

거기에.

[그건, 살펴보면 알 일이지…….]

"그래. 먹어치워라. 여기서 좀 빠져나가게!"

탑과 한 몸이 된 길가메시는.

차라리 저놈에게 한 번 먹혀서, 여기서 잠깐이라도 빠져나가고 싶은 마음이 생기고 있었다.

무신의 뱀이 탑 전체를 삼키진 못할 테니, 먹어도 길가메시의 몸뚱어리만 꺼내서 살피겠지.

물론 머리만 빼먹을 수도 있겠지만.

'어쨌든 이 망할 탑과는 분리되고 싶다.'

바벨탑과 하나가 된 길가메시 입장에선, 일단 여길 빠져나가 보고 싶었다.

그때.

땅바닥에 떨어졌던 피티아가, 힘겹게 몸을 일으켰다.

"주, 주인님. 그런데 그와 탑의 융합이 깨지면…… 다시 이를 합치는 데에는 시간이 걸립니다."

[얼마나 더 걸리지?]

"최소 두 달 정도는 소요될 것 같습니다……."

[…….]

길가메시의 기억을 살피면, 대업을 이루는 것이 두 달 더 미뤄지는가.

두 달.

짧다면 짧은 기간이지만.

'드래곤 로드와 태양왕…… 두 대성좌가 본격적으로 개입하기 시작한 지금은, 시간이 가장 중요하다.'

무신에게는, 그마저도 기다릴 수가 없었다.

[그렇게 오래 미룰 수는 없다.]

"그, 그럼……."

[……길가메시는 놔두도록 하지. 하지만, 범인은 그가 확실하다. 피티아. 그를 계속 감시하고 있도록.]

"네…… 다시는 이런 불상사가 벌어지지 않도록 하겠습니다."

[그래도, 그냥 넘어가긴 저지른 죄가 너무 크니.]

스윽.

무신이 손을 한 번 휘두르자.

"어?"

길가메시의 얼굴에, 순식간에 주름이 생기며.

머리카락이 바닥으로 떨어지기 시작했다.

[영생의 권능을 일부 박탈한다. 길가메시여. 네가 그토록 피하려 했던 노화를 겪어 보아라.]

"뭣……."

[피티아. 그럼 그를, 계속해서 감시하라.]

"알겠습니다."

스스스…….

그러면서 사라지는 무신.

피티아는 그가 사라진 자리를 잠시 바라보더니, 길가메시 쪽으로 시선을 돌렸다.

이 짧은 순간.

중년의 모습을 한 길가메시는, 어느덧 노인이 되어 있었다.

"너, 폭삭 삭았구나."

"이, 이럴 리가. 나에겐 생명의 권능이 있는데……."

"거기에 너, 대머리였네? 어쩐지 머리숱이 없더라."

"뭐, 뭐라고…… 내가? 말도 안 된다!"

현실을 부정하는 길가메시에게.

스으으윽.

피티아는 거울을 띄워 주었다.

"보면 알잖아. 머리 다 떨어진 거."

"이, 이건…… 노화의 저주 때문이야!"

"무슨 소리야. 늙었다고 다 머리 없냐? 동방삭은 숱 많던데."

"그, 그놈은 다르지! 나도 묶여 있지만 않았으면, 머리카락 생겼어!"

"너 앞으로 대머리들만 후원하도록 해. 그들이 네 후손인 거 같으니까."

"크으으윽……!"

그 말에, 잔뜩 일그러지는 노인 길가메시의 얼굴.

"아 징그러. 늙어서 때리기도 좀 그렇다?"

피티아는 그런 그를 비웃으며, 배틀튜브 화면을 다시 띄웠다.

불길만 가득한 아레나의 전장에서는.

"응…… 아직 살아 있네."

성지한이, 드래곤 로드 상대로 선전하고 있었다.

* * *

256강부터, 9레벨 용족을 융합시키며 강림한 드래곤 로드.

강림 전, 결승전에 출전한 칠각의 청룡의 힘을 성지아가 가늠했을 때는.

기존 9레벨 성좌에 비해, 3-4배 정도 강하다고 추산했었다.

"거기에 드래곤 로드까지 강림했으니, 훨씬 더 강해져 있을 텐데……."

[맞아. 드래곤 로드 강림 이후론, 이제 내 눈으로도 마력이 얼마나 강해졌는지 판단할 수 없어. 블루 드래곤 때보다 훨씬 강해진 건, 확실하지만…….]

"근데 네 동생, 왜 이렇게 잘 버티지?"

그림자여왕은 이해가 가지 않는 눈으로 화면을 바라보았다.

드래곤 로드의 목만 둥둥 떠 있는 경기장 안은, 이미 새빨간 불꽃에 잠식되어 있었다.

스페이스 아레나의 경기장은 이미 녹아내렸고.

관객석 부위도 깡그리 화염에 잠식되어, 화면 속에 보이는 건 불밖에 없었다.

한데.

성지한은 그 안에서, 옷자락 하나 그을리지 않은 채 태연하게 서 있었다.

[힘들게 강림해 놓곤, 이게 끝인가?]

[……그 손, 성가시군.]

그림자여왕은 드래곤 로드의 말에, 화면을 성지한의 손 쪽으로 확대해 보았다.

거기에선, 용왕의 불이 손등에 모조리 빨려 들어가고 있었다.

"아. 관리자의 손이 봉인된 상태인데도, 용염을 제어하는 것 같다."

[응. 그리고 봉인되어 눈을 감았던 적색의 손이 약간 꿈틀거리네.]

"드래곤 로드의 불이 오히려 관리자의 손에게는, 봉인을 푸는 매개가 되는 건가?"

[그럴지도.]

상대가 아무리 대성좌 드래곤 로드라고 해도.

그가 불을 주무기로 사용하는 한, 관리자의 손을 지닌 성지한에게는 유효한 피해를 입힐 수가 없었다.

관리자가 되지 못한 대성좌가, 관리자의 권능을 뛰어넘을 순 없었으니까.

─드래곤 로드 강림이라고 해서 그냥 게임 끝난 줄 알았는데…….

-얘 별거 없는데요?

-관리자가 확실히 대성좌보다 위긴 한가 봐. 봉인된 손한테 오히려 화력 제공해 주네 ㅋㅋㅋ

-근데 아소카는 어떻게 저걸 봉인한 거임? 드래곤 로드도 어찌 못하는데;

-그러게 알고 보면 아소카가 제일 센 거 아니냐 ㄷㄷ

드래곤 로드가 강림할 때만 해도 성지한이 위험한 거 아니냐고 걱정했던 시청자들은.

용왕의 불길이 성지한을 전혀 제약하지 못하자, 안심하면서 경기를 지켜보고 있었다.

-근데 로드보다 256강에 나왔던 용들이 더 멋있네……로드는 뱀머리만 허공에 둥둥 떠서 되게 없어 보임.

-솔직히 탈것으로도 다른 드래곤들이 더 탑승감 좋아 보이는데 ㅋㅋㅋ

-ㄹㅇ 관리자 취향 독특하네.

-저런 징그러운 뱀이 왜 애완동물이지?

-뱀 키워 보면 나름 귀엽습니다 취향 존중 좀 해 주시죠.

-그럼 드래곤이랑 뱀중에 뭐 키울 거임?

-드래곤요.

하늘에 둥둥 떠 있는 거대한 뱀의 머리.

그것은 경기에 출전했던 다른 용족에 비해서, 모양새 자체는 상당히 이질적이었다.

확실히 드래곤 로드가 이 머리는 자신밖에 지니지 않았다고 할 만했다.

그렇게 한참 뱀의 모양새를 품평하던 시청자들은.

–근데 왜 성지한은 계속 저기 있지?

–겉보기엔 여유롭지만, 공격할 힘까지는 없는 건가.

–하긴 지금 보면 관객석도 다 녹고, 겉에 새까만 공간 드러남; 화력 자체는 미친 거야. 저기서 버티는 것만 해도 대단한 것일지도…….

–봉인 해제될 때까지 기다리려나?

성지한이 불길 안에서 계속 가만히 서 있자, 실제로는 상황이 어려운 거 아닌가 불안해하기 시작했다.

하나.

[스탯 적이 1 오릅니다.]

'이거 꿀이네.'

실상은 반대였다.

                    * * *

 화르르륵······!

 성지한은 타오르는 오른손을 바라보며 생각했다.

 '용염은 확실히 스탯 적의 하위호환이지만, 드래곤 로드의 것이라 그런지 많이 흡수하면 능력을 올려 주는군.'

 용왕의 불꽃을 먹어치우며, 늘어난 스탯은 벌써 5.

 이건 그저 가만히 서서, 오른손을 내밀어 얻어 낸 결과였다.

 '관리자의 손 봉인이 풀리기 전까지, 최대한 능력치를 벌어 놔야지.'

 손등 위에서, 눈을 꿈틀거리려 하는 적색의 손.

 하나 성지한이 보기에, 이 정도 화력으로는 아직 봉인이 해제되긴 멀었다.

 드래곤 로드가 며칠 몇 밤을 계속 불을 쏴 주면 모르겠다만.

 [내 생각보다, 관리자의 능력을 잘 다루는구나.]

 상대도 바보는 아니었다.

 [불로써는 너를 소멸시킬 수 없음을 인정하겠다.]

 쩌어억!

 뱀이 입을 열자.

 경기장을 가득 메우던 불길이, 순식간에 그 안으로 빨

려 들어갔다.

"아, 어디 가?"

스으윽.

성지한은 급히 손을 뻗었다.

그러자, 주변의 불꽃은 드래곤 로드의 입으로 들어가지 않고, 성지한의 손으로 모여갔다.

드래곤 로드의 것임에도, 성지한의 제어에 더 따르는 화염.

[스탯 적이 3 오릅니다.]

'총 8이 오른 건가. 이러면.'

10은 채우고 싶었는데 아쉽네.

성지한이 입맛을 다실 즈음.

드래곤 로드는 자신의 제어에 따르지 않는 용염을 보면서, 붉은 눈을 번뜩였다.

[네놈…… 나의 불을 집어삼키고 있었나?]

"그래. 덕분에 스탯 좀 올랐다."

[먹은 것을 그대로 토해 내게 해 주지.]

"그래? 무슨 수로 할지 의문이긴 하다만. 그것보다도."

지금껏 용염을 흡수하느라 공격을 하지 않던 성지한은, 창끝을 드래곤 로드에게 향했다.

화르르륵……!

그러자 백색의 불길, 성화聖火가 창끝에서 피어오르기 시작했다.

"드래곤 로드에게, 내 적의 권능이 통하나가 더 궁금하네."

[네놈이 정말 관리자의 권능을, 온전히 다루고 있다고 생각하느냐?]

"아니. 아직은 부족함이 많지. 그래도 너 정도에겐 쓸 만하지 않을까? 네 불꽃, 나한테 먹히기도 했고."

[…….]

"아직 가진 거 많아 보이는데, 더 줘라."

[허. 미쳤구나!]

그 말을 들은 뱀의 눈이 번뜩일 때쯤.

성지한의 백염에, 전류가 피어올랐다.

혼원신공混元神功

천뢰용염天雷龍炎

용뢰龍雷

파지지직!

하늘 위로 뻗어가는, 백색의 뇌전.

성화를 머금은 용뢰는, 순식간에 뱀의 머리에 접근했다.

그러자.

[드래곤 로드인 나에게, 불로 공격하다니……!]

쩌어억!

조금 전, 용염을 거둬들였을 때처럼.

드래곤 로드가 입을 크게 벌렸다.

성지한의 불쯤이야, 바로 먹어치워 버리겠다는 듯.

용의 왕은 방어 마법 따위는 쓰지 않았다.

하지만.

[이건…….]

치이이익……!

자신의 용염을 회수했을 때와는 달리.

성화를 머금은 용뢰는, 드래곤 로드의 입에 흡수되질
않았다.

오히려.

파지지직…….

그의 기다란 머리에, 백색 전류를 순식간에 방출하고
있었다.

[힘이, 역으로 흡수된다고…….]

힘을 흡수하는 효과를 지닌 성화.

그것은 적의 하위 능력이나 다름없는 용염을, 가장 잘
빨아들였다.

화르르르…….

입안에 머금은 백색 불길은 점차 커지더니.

드래곤 로드의 전신에 금방 번져 나갔다.

−대성좌를 불로 압도한다니…….

−이거 가짜 영상 아니냐?

−성지한이 적색의 손을 잘 제어하는 건 알았지만, 분명 이건 봉인된 상태였는데…….

−어떻게 드래곤 로드가 역으로 저 백염에 잠식될 수 있지?

−저, 저건 강림된 상태다. 대성좌가 자신의 전력을 다하지 못해서, 이런 결과가 나오는 거야!

−그렇게 치면 성지한은 성좌도 아님…….

외계의 시청자들은 성좌 후보자가, 대성좌를 불로 압도하는 걸 보면서 두 눈을 의심했다.

아무리 관리자의 능력을 좀 얻었다 치더라도.

용족의 지배자, 대성좌 중에서도 가장 관리자에 근접한 자라고 평가받는 드래곤 로드를.

그것도 로드의 주 무기인 불로 압도하는 게, 말이나 되나?

그렇게 백색의 불길에 타오르던 드래곤 로드에게서.

[……허물을, 하나 벗겠다.]

분을 참는 듯한 음성이 흘러나왔다.

그러자.

스스스…….

불타던 뱀의 머리와, 몸통 일부가 한 꺼풀 벗겨지더니.

성지한의 성화도 이와 함께 분리되었다.

'뭐야 저건? 왜 성화까지 옮겨져?'

아니 입안에 용뢰가 들어갔는데, 허물벗기로 저걸 밖으로 꺼내네.

드래곤 로드.

대성좌인 만큼, 그냥 죽지는 않는 건가.

그때.

[성좌 '삼익의 흑룡'이 전사했습니다.]

[최고위급 성좌를 제압했습니다.]

[레벨이 5 오릅니다.]

성지한의 눈앞에 레벨 업 메시지가 떠올랐다.

인게임 내에서는 원래 강자를 제압한다 한들, 레벨이 잘 오르지 않았는데.

상대가 레벨 9 성좌여서 그런지 무려 5나 폭증하고 있었다.

그리고.

쿵!

드래곤 로드의 허물이 땅바닥에 떨어지자.

그것은 뱀의 형상에서, 곧 날개 세 개를 가진 블랙 드래곤의 모습으로 변화했다.

'이 드래곤은 256강에서 자폭했던 놈인데.'

분명히 자폭해서 머리 하나 늘려 줬던 블랙 드래곤.

그가 드래곤 로드의 허물벗기로 대신 죽어 준 건가.

성지한은 블랙 드래곤의 시체를 바라보다가.

화르르르…….

'성화가 아직 남아 있군.'

거기서 아직도 불길을 유지하고 있는 성화를 향해 다가 갔다.

'분명, 성화로 능력을 흡수할 수 있었지.'

스윽.

성지한이 백염 쪽으로 손을 뻗자.

[스탯 적이 2 오릅니다.]

[스탯 무혼이 1 오릅니다.]

적 말고도, 무혼까지 성장했다.

'로드의 용염을 직접 삼키는 것에 비하면, 성장폭이 낮 긴 하지만…….'

그래도 주는 게 어디야.

성지한은 그렇게 스탯을 알뜰살뜰하게 챙기곤, 위쪽을 바라보았다.

허물벗기를 한 뱀의 머리는, 처음처럼 건강해져 있었다.

"야. 저번에 레벨 업 도와주겠다더니, 이렇게 해 주려 했던 거냐?"

[뭐? 설마…… 레벨 업을 했느냐?]

"어, 무려 5나 올랐어. 그러니까 허물 좀 더 벗어 볼래?"

횡. 횡.

성지한이 창을 빙빙 돌리면서 씩 웃자.

드래곤 로드가 성지한을 내려다보며, 천천히 입을 열었다.

[그럴 일은 없을 것이다.]

"너랑 나, 상성이 안 좋던데?"

[그건…… 인정하지. 불의 권능에서는 내가 확실히 밀린다. 하지만.]

번뜩!

뱀의 눈이 반짝이고.

[성좌 후보자가, 드래곤 로드의 용언龍言을 거역할 수는 없으리라.]

"용언?"

[플레이어 성지한에게 명한다.]

그러자.

한 꺼풀, 또다시 벗겨지는 드래곤 로드의 껍질.

[오른팔을 잘라, 나에게 가져오라.]

"음……!"

그 말에 여유롭던 성지한의 몸이, 흠칫 굳었다.

언어에 힘을 싣는, 용의 권능.

레드 드래곤 알트카이젠의 용언은 손쉽게 이겨 냈던 그였지만.

드래곤 로드의 것은 확실히 격이 달랐다.

스으윽.

왼손으로 검을 들어 팔에 대더니, 멈칫하는 성지한.

"큭……."

그가 그렇게 움직임을 멈춘 채, 버티고 있자.

스스스…….

드래곤 로드의 머리가 땅으로 서서히 내려왔다.

[다시 한번 명한다. 오른팔을 잘라 나에게 가져오라.]

용언이 한 번 더 반복되자, 또다시 탈락하는 허물.

땅바닥에 떨어진 두 허물은, 어느새 거대한 드래곤의
시체로 변해 있었다.

9레벨 용족 성좌의 몸을 소모할 정도로, 강하게 힘을
준 로드의 용언은.

결국 성지한에게 행동을 하게 만들었다.

"……알겠습니다."

치이익!

자신의 오른팔을 벤 성지한은.

암검을 땅에 떨어뜨리고, 대신 이 오른손을 들었다.

그러고는, 땅바닥에 내려선 뱀의 머리를 향해 뚜벅뚜벅
걸어가기 시작했다.

[로드의 말까지 거역하려 들다니…… 더 성장했으면,
큰일 날 뻔했구나.]

드래곤 로드는 그러면서 자신이 먼저, 성지한에게 다가

가기 시작했다.

용언이 언제 풀릴지 모르는 지금, 빨리 그가 바치는 오른손을 받아 회수해야 했으니까.

그렇게 그는 성지한에게 접근하여, 입을 벌렸다.

[네 팔, 던져라.]

"네……."

스으윽.

로드의 명에 따라, 오른팔을 높게 든 성지한.

그의 눈빛은, 그때까지만 해도 흐리멍텅했다.

하지만.

"팔을 달란 말이죠?"

로드에게 가까워지자, 눈은 대번에 빛을 찾았다.

[……너?]

"그래도 오른팔, 왼팔은 차마 주기 그러니까."

푹.

성지한은 자신이 베었던 오른팔을, 절단면에 끼워넣었다.

그러자 금방 달라붙어 재생하는 팔.

창을 쥐고 있던 성지한의 오른손이 깔끔하게 움직이고.

"대신 제가 제 팔처럼 아끼는 창을, 쑤셔 넣어 드리죠."

파지지직!

뇌전을 품은 봉황기가, 입을 쩍 벌린 뱀의 머리를 그대로 꿰뚫었다.

화르르륵……!

창에 꿰뚫린 드래곤 로드의 머리에, 백염이 치솟자.

그의 길쭉한 세로형 동공이, 마구 꿈틀거렸다.

[어떻게 나의 용언을…… 이겨 냈단 말이냐?]

"용언이라고 해 봤자, 지배 코드보다 떨어지던데."

성지한은 조금 전, 드래곤 로드가 용언을 썼을 때를 떠올렸다.

허물을 하나 벗는 대가를 치렀던, 로드의 용언.

9레벨 드래곤 성좌의 시체가 땅에 떨어지자.

허공에는, 지배 코드와 흡사한 글자가 투명하게 새겨졌었다.

'언뜻 봐도 그건, 지배 코드의 열화판이었지.'

적색의 관리자의 애완동물이었다더니, 주인의 코드도 따라 한 건가.

지배 코드를 발견한 성지한은, 용언을 바로 해제할 수 있었지만.

이를 역으로 이용하기로 마음먹고 용언에 걸린 척했다.

오른팔이야, 이제 잘라도 다시 붙이면 붙는 경지에 도달해 있었으니까.

한편 성지한이 지배 코드에 대한 이야기를 꺼내자.

[……지배 코드? 설마 네가 그것까지 완벽하게 운용할 줄 안단 말이냐?]

드래곤 로드는 믿기지 않는다는 듯 두 눈을 크게 떴다.

"완벽한 정도는 아니지. 그래도 네 용언 정도는 쉽게 이겨 낼 수 있어. 주인님 것 좀 잘 따라 하지 그랬냐."

[······이놈이.]

주인을 언급하자, 드래곤 로드의 얼굴이 일그러졌다.

하나 성지한은 그러거나 말거나.

[스탯 적이 5 오릅니다.]

[스탯 무혼이 3 오릅니다.]

드래곤 로드의 머리를 성화로 불태우며, 스탯을 흡수하고 있었다.

'좀 더 오래 타올랐으면 좋겠네.'

적은 오를 줄 알았는데, 무혼까지 올려 주다니.

무혼의 범주에, 예전에 마력도 들어갔기 때문에 그런 건가?

성지한은 성화로 인해 스탯이 무럭무럭 성장하는 메시지를 보면서, 입가에 웃음을 지었다.

드래곤 로드.

대성좌라고 하기에 압도적인 강함을 지니고 있는 줄 알았더니.

실제로 붙어 보니 적의 권능 선에서 다 해결되는 상대였다.

지닌 능력도 죄다 스탯 적의 하위호환 격이었으니까.

그렇게 성지한이 창을 꽂아 넣은 상태에서, 계속 성화를 피워 올리자.

[……허물을, 두 번 벗겠다.]

드래곤 로드는 허물벗기를 시도했다.

투두둑……!

검붉은 뱀의 외피가 한 꺼풀 벗겨지더니.

곧바로, 그 안에서 하나가 더 벗겨졌다.

그러자.

툭!

양옆으로 떨어진 허물이 금방 드래곤의 시체 둘로 변하고.

드래곤 로드의 몸에 붙었던 불길은 그쪽으로 바로 옮겨졌다.

로드의 머리가 입었던 타격이, 다 허물 쪽으로 옮겨진 상황.

성지한이 찔러 넣었던 봉황기도, 드래곤 로드가 껍질을 탈락시키는 과정에서 쑥 빠져나갔다.

'이건 적의 권능에 없던 건데. 어째 드래곤 로드는 허물 성능이 제일 좋네.'

무신의 머리도 저런 류면, 그도 허물벗기가 가능한 건가?

성지한은 그리 생각하면서, 밀려온 창을 그대로 다시 찔러 넣었다.

하나.

캉!

[두 번은 없다.]

아까와는 달리 입을 다문 뱀의 머리는, 상당히 단단했다.

창을 튕겨 낸 후, 얼른 하늘로 날아가는 드래곤 로드.

그의 행동은 지금까지 본 것 중에, 가장 잽쌌다.

-성지한 조종당할 때만 해도 끝난 줄 알았는데…….

-용언에 당한 척한 거였네 ㅋㅋㅋ 허물 두 개 벗겼구요.

-드래곤 로드 내려올 땐 느긋하게 내려오더니, 쨀 땐 개 빠름ㅋㅋㅋ

-가만히 있다간 또 허물벗기 할 텐데 당연히 전력을 다해 튀어야지.

드래곤 로드가 도망치는 걸 보며, 그를 비웃는 시청자들.

-근데 뭔 허물 무제한임? 대체 몇 번을 벗어 재끼는겨 ___

-지금까지 총 5개 벗었음. 원래대로면 머리 10개일 테니까, 허물도 5개 남은 거 아닐까?

-그럼 코인 5개 남았네.

-9레벨 성좌만 먹은 게 아니라 8레벨도 먹은 거라, 코인 더 적을 수도 있음.

-일단 전력 반은 털렸네 ㅋㅋㅋ

그러면서 사람들은 지금까지 그가 벗은 허물을 가지고, 드래곤 로드가 얼마나 버틸지 가늠해 보았다.

한편.

[최고위급 성좌를 둘 제압했습니다.]
[레벨이 10 오릅니다.]

드래곤 로드의 허물 벗기로 인해, 또다시 레벨이 대폭 오른 성지한은.

[스탯 적이 4 오릅니다.]
[스탯 무혼이 2 오릅니다.]

불타는 용의 시체에서, 스탯도 잊지 않고 챙겼다.
'아까 용언으로 사용한 허물은, 내가 죽인 거로 카운트가 안 되는군.'
아쉽네.
그거까지 포함하면 레벨 25가 오르는 거였는데.
'그래도 최근 들어 날 가장 성장시켜 주네. 이놈이.'
성지한은 하늘 위에 둥둥 뜬 드래곤 로드를 흐뭇한 눈으로 바라보았다.

처음엔 징그러워 보였는데, 레벨이 오를수록 예뻐 보이는 뱀.

"야, 이젠 이해된다. 적색이 널 왜 애완동물로 삼았는지."

[……무슨 헛소리냐.]

"레벨이 15나 오르니까, 뱀도 좀 귀여워 보이네. 레벨 좀만 더 올려 주면, 나도 뱀 애완동물로 삼을 수 있겠어."

[이놈이……! 내 본체였다면, 당장 찢어 죽였을 것을!]

성지한이 애완동물을 강조하자, 드래곤 로드가 머리를 부들부들 떨었지만.

"응, 그래. 본체였으면 용언이 혹시나 통했을지도 모르겠다. 근데…… 너 본체 아니잖아?"

횡. 횡.

그는 창을 빙글빙글 돌리며, 여유를 보였다.

"공격, 하나도 안 통하고."

[……관리자의 권능에, 아직 내 힘이 미치지 않는다는 건 인정하겠다. 하지만 나의 힘이 그것만 있는 줄 아느냐?]

지이이잉……!

드래곤 로드가 마력을 방출하자.

하늘 위에, 거대한 마법진이 중첩되어 그려지기 시작했다.

용왕의 불도, 용언도 통하지 않자 대마법大魔法으로 성지한을 찍어 누르려는 드래곤 로드.

하나.

"저게 그렇게 강했으면, 진작 꺼냈겠지."

성지한의 눈에는, 하늘을 가득 메운 마법진이 그저 드래곤 로드의 발악으로만 보였다.

아무래도 용왕의 불과 용언에 비해선, 대마법 쪽이 상대적으로 힘의 효율이 좋지 않았으니까.

[손을 남겨 둬야 했기에 안 썼을 뿐이다. 이젠 널 가루로 만들고, 거기서 적색의 잔해를 가져가겠다.]

"그래? 근데, 아까 네가 한 말. 나도 마찬가지야."

[……]

"힘, 다 안 썼거든."

스스스스……

그 말과 함께, 성지한의 얼굴에서 공허의 기운이 피어올랐다.

[공허…… 아까는 사용한 게 아니었던가?]

"응, 지금까진 네가 너무 쉬웠잖아."

이를 보고 경악한 드래곤 로드에게, 가볍게 답한 성지한은.

"이젠 좀, 싸울 만하네."

휙!

검과 창을 들고, 하늘 위로 돌진했다.

* * *

아레나 최종전.

레벨 9 성좌들을 통해 강림한 드래곤 로드와 성지한의 전투는.

이제 슬슬 끝이 보이고 있었다.

"드래곤 로드가, 이제는 허물벗기를 하지 않는다. 어떻게든 버티려 드는군."

[버티기보단, 포기한 거 같아.]

그림자여왕의 중계석에서, 성지아는 석화된 손가락으로 화면을 가리켰다.

성지한과 하늘에서 사투를 벌이다가, 그의 창에 결국 또다시 찔리게 된 드래곤 로드는.

앞에서 수차례 사용했던 허물벗기를 쓰지 않은 채, 백색 불꽃에 잠식되어 가고 있었다.

[아까 전 창에 찔렸을 땐 마력으로 어떻게든 이를 억누르려고 했는데. 지금은 가만히 놔두고 있거든.]

"그래? 그럼 이제 끝인가…… 아쉽군."

[아쉬워? 뭐가?]

"이왕 싸우는 거, 8시간 채워 주지. 7시간 21분 만에 끝났잖아."

그림자여왕의 목소리에는 아쉬움이 잔뜩 묻어 나왔다.

-여왕 욕심도 많다 진짜 ㅋㅋㅋㅋ

-7시간 싸웠음 됐지 ㅋㅋㅋㅋ

-근데 진짜 드래곤 로드, 허물 벗기 안 하네 이젠.

-성지아가 잘 보더라 여왕보다 나음.

　　확실히 그림자여왕보다. 신안을 지닌 성지아가 일반 시청자가 듣기에도 적중률이 높았다.

　　이번에도 성지아의 예측이 맞을까, 사람들이 기대하면서 경기 화면을 바라보고 있을 때.

　　[……인정하지. 아바타로는, 너를 제압할 수 없음을.]

　　백염에 불타오르던 드래곤 로드는, 오히려 한결 차분해진 음성으로 목소리를 냈다.

　　[하나 본체는 다를 것이다. 그때가 오면, 이 치욕을 반드시 씻겠다…….]

　　화르르르……!

　　그 말을 마지막으로, 뱀의 머리는 불꽃에 완전히 뒤덮여서 사라졌다.

　　그러자 땅에 떨어지는 마지막 9레벨 성좌, 칠각의 청룡.

-왜 쟤는 맨날 인정만 함? ㅋㅋㅋㅋ 아까부터 인정하지 인정하지…….

-진짜 인정하는 것도 아냐, 막판에 본체 타령 봤잖음 ㅋㅋㅋ

-ㄹㅇ 추하다 추해.

-저런 애들은 본체로 와도 100퍼센트 털림 ㅋㅋㅋ

인류 시청자들은 그런 드래곤 로드를 비웃으며, 성지한의 승리를 기뻐했지만.

—와…… 이게 말이 됨?
—드래곤 로드가 졌어? 9레벨 성좌를 그렇게 합체시켜 놓고?
—적의 권능 때문에 상성상 최악이라 해도…… 그래도 그 드래곤 로드가 진다고?
—9레벨 성좌다. 9레벨이라고!!
—쟤 성좌도 아니잖아!

외계의 시청자들은 게임의 결과를 보고는 충격에 빠졌다.
드래곤 로드의 권능이 비록 성지한에게 상성상 좋지는 않았지만.
그래도 대성좌가 이렇게 한 번도 주도권을 지니지 못한 채 밀릴 줄은 상상도 하지 못했으니까.

—성지한 성좌 후보자지? 아직?
—이런 플레이어가 여태껏 있었음?
—뭐지? 진짜? 종족 빨인가? 인간 종족 이번에 초심자 아레나도 우승했다매?
—내가 궁금해서 종족 변환 키트로 바꿀까 했는데 인류 선택 못 하더라. 개사기 종족인 듯.

―아니야…… 사기 종족이면 하급에 머무를 수가 없어;

인류 사기설까지 나올 정도로, 외계 종족들은 이번 결과에 충격을 받았다.

'드래곤 로드. 사랑한다.'

최종전을 끝마치고 나온 성지한은, 단 한 번의 전투로 대거 오른 레벨과 능력치를 보면서 함박웃음을 지었다.

몇 번이고 허물을 벗어 주면서, 레벨을 총 40 올려 준 드래곤 로드는.

적과 무혼까지 쏠쏠하게 업그레이드시켜 줬으니까.

'성좌 모드도 안 켰는데, 이렇게 상대하기 쉽다니. 정말 좋은 대성좌야…….'

지금 기분이라면, 펜트 하우스에 뱀 백 마리 갖다 놓고 키워도 되겠어.

성지한은 아낌없이 퍼주던 뱀의 머리를 다시 한번 떠올리다가, 새로운 메시지가 떠오르는 걸 보았다.

[특별 보상, '종족 진화 보너스'가 주어집니다.]
[힘이 +4 상승합니다.]
[민첩이 +4 상승합니다.]
[마력이 +3 상승합니다.]

아레나의 주인이 약속을 지켰는지, 이번에는 화속성 친

화도가 빠진 종족 진화 보너스.

하나.

꿈틀. 꿈틀.

진화 보너스를 받고 나자, 성지한의 손등에서는 적색의 눈동자가 조금씩 움직이고 있었다.

'스탯 적을 이번에 너무 많이 얻은 데다가, 마력도 적색의 손에 자극을 줘서 그런가…… 아무래도 봉인이 곧 풀릴 거 같군.'

이놈 깨어나면 당장 인류 불태우자고 난리 칠 거 같은데.

이번에 대폭 성장한 게, 안 좋은 면도 있군.

성지한은 그리 생각하면서 자신의 방을 둘러보았다.

'그러고 보니 길가메시 놈…… 안 걸렸나?'

드래곤 로드와 똑같다던 무신의 머리.

성지한은 전투를 다 끝내고 나서야, 정보 제공자인 그의 근황이 궁금해졌다.

혹시 메시지라도 보냈으려나.

성지한은 자신의 방 한쪽에 놓인 핸드폰을 열어 보았다.

그러자.

[……성지한. 네가 입을 함부로 놀리는 바람에, 내 젊음이 사라졌다.]

[정보를 괜히 줬다. 네놈을 뭘 믿고…….]

[아니, 이기다니?]

[드래곤 로드를, 이기다니…….]

[······.]

무신한테 들켰나 보군.

근데 무슨 메시지에 이렇게 점이 많아.

성지한은 영양가 없는 길가메시의 메시지를 보면서 미간을 찌푸렸을 때.

띠링.

실시간으로, 메시지가 도착했다.

[······좋다. 날 아버지라고 불러 보아라. 그럼 용서해 주마.]

"······돌았나?"

5장

5장

성지한은 미간을 찌푸렸다.

사실 드래곤 로드에게 폭로한 이후, 지금껏 길가메시에게 1g 정도의 미안함은 가지고 있었지만……

'역시 대놓고 말하길 잘했군.'

길가메시가 자신을 아버지라고 부르란 메시지를 보곤, 그런 감정도 사라졌다.

이 자식은 왜 자꾸 자길 아버지라고 부르라 그래?

[왜 아버지 소리에 집착하냐?]

[나는 이제 후손을 볼 수 없다.]

[그건 예전에 알았잖아. 피티아 말로는 너 씨 없다며.]

[……그녀의 일방적인 주장일 뿐이다. 나에게 희망은 있었다. 그래. 무신에게 젊음을 빼앗기기 전까지만 해도!]

무신이 길가메시에게 영생을 주었으니, 그걸 회수도 가능한 거였나.

[근데 그거랑 아버지랑 뭔 상관인데?]

[내 직계 후손을 볼 수가 없게 되었으니, 인류 중 가장 뛰어난 이에게 왕위를 물려줘야 하지 않겠나.]

[왕위라…… 뭐 쓸 만한 능력 주냐?]

뭐 쓸 만한 거 주면, 타이핑으로 아버지 소리 정도야 못할 것도 없지.

[내 이름을 쓸 수 있게 허락하지. 너는 앞으로 길가메시 2세가 되는 것이다.]

[꺼져.]

[거기에 이 황금의 탑의 소유권도 공동으로 지닐 수 있다. 그럼 네 생명을 다루는 능력이, 강화될 거다.]

[호오, 그래?]

바벨탑 공동 소유권이라.

'수상한데.'

길가메시가 아버지 소리 했다고, 바벨탑 소유권을 공동으로 돌릴 이가 아닌데.

거기에 애초에, 이놈은 무신에게 제압당해 있는 상태가 아니던가.

'단박에 거절해도 되긴 하겠다만…… 그것보단 들어줄 듯하면서 정보를 더 캐야겠네.'

성지한은 그리 마음먹으며 메시지를 보냈다.

[공동 소유권은 좋아 보인다만…… 어차피 지금 바벨탑도 네 소유 아니지 않냐? 무신한테 장악당한 거 아니었어?]

[큭…… 투성에서는 그렇지. 하지만 황금의 탑이 지구에 소환될 경우, 상황을 반전시킬 방법이 있다. 네가 협조하면 성공 확률이 더 올라가고.]

[아하, 그리고 그 협조가 아버지 소리 하는 거다?]

[그렇다. 네가 나를 아버지로 인정하고, 네가 나의 일족에 들어오면 바벨탑의 재장악이 용이해진다. 그러면 공동 소유도 다음 스텝으로 진행되겠지.]

길가메시의 인성상, 바벨탑을 재장악하고 나면 공동 소유는 모르는 척할 게 뻔한데.

성지한은 그렇게 결론을 지으면서도, 일단은 답을 이어 갔다.

[그냥 아버지라고 부르란 게 아니군. 한데 지금 이 메시지로 아버지 해 봤자 소용없는 거 아니냐?]

[그건 그렇다. 이 탑이 지구에 소환되는 때, 네가 와서 날 아버지로 인정해야 한다.]

[그럼 지금 할 필요는 없네.]

[그래도 미리 연습해 두어라.]

[됐고, 탑은 언제 소환되는데?]

[정확히는 모르겠지만, 이제 얼마 남지 않았다. 무신의 근신이 풀리는 즉시, 소환 절차가 진행될 것이다.]

저번에 한 달 근신이라고 했는데, 벌써 시간이 꽤 흘렀으니.

바벨탑이 지구로 소환되는 건, 이제 시간문제라고 보는 게 맞았다.

[근데 하나 의아한 점이 있는데.]

[뭐지?]

[너 무신한테 들켜서 젊음을 빼앗겼다며. 근데 어떻게 메시지를 보내냐? 걔네가 감시할 텐데?]

[……나도 이상하게 생각한다. 무신은 분명 피티아에게 날 더 감시하라 명했는데, 현재 그녀는 없군.]

그 질문에, 길가메시는 자신도 잘 모르겠다는 듯이 대답했다.

정체 까발려졌다고 젊음을 빼앗았는데, 감시를 또 안 한다고?

'그렇게 허술한 놈들이 아닌데 말이지…… 혹시 피티아가 옆에서 붙어 가지고 검열하고 있나?'

성지한은 그리 생각하면서 메시지를 보냈다.

[아버지 소리는 나중에 지구 와서 검토해 볼 테니, 네가 예전에 본 무신 형상 좀 알려 줘 봐. 왜 드래곤 로드랑 머리가 같은 거지? 너랑 예전에 계약할 땐 어떤 상황이었는데.]

무신 쪽의 감시하에 메시지를 보내는 중이면, 그의 정체를 알려 달라는 물음에 답하진 않겠지.

그리고 성지한의 추측대로.

지금까지 칼답이 오던 메시지가 한동안 오지 않더니.

[음…… 피티아가 왔군. 무신에 대해선 나중에 정리해서, 알려 주겠다.]

갑자기 피티아가 왔다면서 메시지가 끊어졌다.

"역시 감시하고 있는 거였나."

성지한은 끊긴 메시지를 보면서 피식 웃었다.

이러면 길가메시가 지금껏 보냈던 메시지가, 무신 측의 의도가 담겼다 봐도 될 터.

아버지라고 부르라고 자꾸 권하는 데에도, 다른 이유가 있겠지.

'그런데 날 낚으려면 웬만하면 무신의 정체 대충이라도 알려 줄 것 같은데…… 굳이 숨기는군.'

머리가 드래곤 로드랑 닮았다는 것 외에도, 굳이 숨겨야 할 게 있나.

성지한은 잠시 그런 의문을 품다가.

'일단 이번 토너먼트로 성장한 능력치나 정리하자.'

드래곤 로드 덕에 대폭 성장한 능력치 정산을 위해, 상태창을 열어 보았다.

* * *

투성에 위치한, 황금의 탑.

폭삭 늙은 길가메시는 피티아를.

정확히는 그녀가 들고 있는 자신의 핸드폰 쪽을 노려보았다.

"피티아…… 이래서야, 누가 봐도 수상하지 않느냐…… 어차피 드러난 뱀의 정체, 이야기하면 될 것을!"

"안 돼. 주인님께선 이에 대한 정보를 더 이상 넘겨선 안 된다고 말씀하셨어."

"쯧…… 이놈. 바보가 아니니 눈치챘을 거다. 이젠 내 말을 믿지 않겠지."

피티아는 그 말에 폰의 메시지를 쭉 바라보았다.

무신의 정체를 물어보자마자 황급히 대화를 종료한 건, 솔직히 자기가 봐도 수상하기 짝이 없었다.

하지만.

"……괜찮아. 어차피 우리의 목적은, 그가 황금의 탑으로 오게 만드는 거니까."

무신의 근신이 끝나자마자, 지구로 소환될 바벨탑.

피티아의 목적은, 성지한은 그리로 유인하는 것이었다.

"바벨탑이 인류에 재앙을 가져온다고 하면, 성지한은 함정인 줄 알면서도 오게 될 거야. 그때 네가 그를 탑과 동화시켜 봐."

"……그러면, 정말로 젊음을 돌려줄 것인가?"

"주인님께서 그렇게 말씀하셨잖아?"

길가메시는 그 말에 조금 전 일을 떠올렸다.

성지한이 드래곤 로드에게서 압승을 거둔 이후.

[아무리 아바타라 해도, 드래곤 로드를 이렇게 쉽게 이길 줄은 몰랐군…….]

다시 황금의 탑에 모습을 드러낸 무신은.

[길가메시. 성지한에게 다시 연락해, 그를 탑으로 오도록 유인하라. 그러면 젊음을 돌려주지.]

성지한을 바벨탑으로 유인하라고 지령을 내린 상태였다.

"하나, 뱀의 구두 약속은 믿을 수 없다."

"주인님의 말씀을 못 믿겠다고?"

"그래. 내 꼬라지를 봐라. 그의 말을 믿을 수 있겠나?"

무신에게 사기 계약을 당한 데다가, 젊음도 잃고 나락으로 떨어진 길가메시.

그는 무신이 약속을 지키지 않는다는 살아 있는 증거였다.

"그래서 안 할 거야?"

"……해야지."

하지만, 무신에게 신뢰가 없다 한들 어차피 길가메시에게는 선택지가 없었다.

"그래. 주제는 파악해서 다행이네."

피티아는 그러며 자신의 인벤토리에 길가메시의 핸드폰을 집어넣었다.

'이 더러운 물건, 내 인벤토리에 넣고 싶지는 않지만…….'

그래도 주인의 명을 충실히 따르기 위해, 사사로운 감

정은 접어 둬야 할 때였다.

　그렇게 피티아가 등을 돌려 떠나려 할 때.

　"피티아."

　"왜?"

　"네 진짜 목적은 뭐지? 역시 나한테…… 복수하는 건가?"

　길가메시는 잔뜩 쉰 목소리로, 그리 물었다.

　"너 따위가 내 목적은 아니야. 그냥 망가지는 걸 보면 즐거울 뿐이지."

　"……그럼, 정말 그때 말한 것처럼, 적색의 불을 지우는 게 목적인가?"

　"그래. 적의 일족의 최종목적, 방해해야지."

　실험실에서 자신이 길가메시의 애 낳는 기계로 전락한 건.

　적의 일족이, 적색의 관리자를 부활시키려 그랬던 거였으니까.

　인류에 내재된 적색의 불을 꺼 버리는 것이야말로, 적의 일족에게 제대로 복수하는 길이고.

　더 나아가, 피티아의 후손인 인류를 진정으로 구원하는 길이 될 터였다.

　"……너는 내 모습을 보면서도 무신을 믿나?"

　"믿어. 날 구원해 주셨으니까."

　길가메시의 말에, 겉으로는 즉답한 그녀였지만.

　'……믿어야 해.'

마음 깊은 곳에선, 그녀도 확신이 없는 상태였다.

다만.

'주인님을 제외하곤, 어차피 이 일을 해 줄 존재도 없어…….'

무신이 관리자가 되는 것 외에, 누가 인류에게 남겨진 적색의 흔적을 제거할 수 있겠는가.

피티아에겐, 어차피 대안도 없었다.

'그분을 보다 더 충실히 따라야 해. 그래야 구원을 기대할 수 있어…….'

그녀는 그렇게 생각을 정리하고는.

빡!

"노인 되고 좀 불쌍해서 안 때렸더니, 주인님께 입 함부로 놀리네."

"이, 이익……!"

자신을 번뇌에 빠트린 길가메시의 머리를 내리쳤다.

"아. 머리카락 없으니까 머리에 손바닥 자국 났어. 내 손바닥 크기가 이 정도였구나?"

"뭣…….."

"젊음이 사라지니까 참 서럽다. 그치?"

피티아는 길가메시의 정수리에 시뻘겋게 그려진 자신의 손바닥 자국을 보면서, 입꼬리를 올렸다.

"그러니까 이상한 생각하지 말고, 주인님 말씀이나 잘 들어. 그럼 대머리는 벗어날 테니까."

"큭…….."

길가메시는 피티아를 노려보았지만, 현재로선 아무것도 할 수 있는 게 없었다.

'두고 봐라. 지구로 가기만 하면……!'

지금은 어쩔 수 없이 당하지만, 지구에서 바벨탑이 설치되기만 한다면.

상황을 반전시킬 수 있을 것이다.

길가메시는 이를 갈면서, 그때를 기다렸다.

* * *

'드래곤 로드, 진짜 아낌없이 퍼 주었군.'

성지한은 상태창에 뜬 레벨을 보고는, 웃음을 지었다.

레벨 635.

토너먼트 시작 전, 595였던 레벨은.

드래곤 로드의 허물벗기로 인해 총 40이 오른 상태였다.

'이 정도면 거의 두 달…… 아니 그 이상 레벨 업 도전해도 될까 말까 한 수치인데 말이야.'

거기에 부수적으로, 스탯 적과 무혼도 상당 수치 올라 있었다.

정말 대성좌답게, 퍼 주는 것도 클라스가 달랐던 드래곤 로드.

성지한은 대폭 성장한 능력치를 지켜보다가, 이번에 크게 늘어난 잔여 포인트를 주목했다.

'이번에 벌은 잔여 포인트는 일단 무혼에 투자해야겠군.'

지금 올릴 수 있는 능력치 중, 가장 뒤탈이 없는 건 무혼이었으니.

성지한은 그간 얻었던 잔여 포인트를 깡그리 무혼에 투자했다.

'딱 600에서 멈추었군.'

잔여 포인트를 모두 쓴 성지한은 상태창을 확인했다.

소속 : 챌린저 리그 – 6
레벨 : 635
무혼 : 600
공허 : 595
적 : 497
영원(불완전) : 40

얼굴의 균열이 한 가닥 더 생기며, 예전에 비해 꽤 성장한 공허 수치와.

여기에 드래곤 로드 덕에, 대폭 성장한 무혼과 적.

특히 적은 예전에 봉황기를 업그레이드할 때 50을 사용했음에도 불구하고, 이제 500을 곧 바라보고 있었다.

'500쯤 되면, 적색의 손이 깨어날 법도 한데 아직까진 반응이 없군.'

예전에는 봉인된 상태에서도, 어떻게든 몇 마디 하더니.

그때보다 적이 대폭 성장한 지금은, 이상하게 손이 조용했다.

'힘을 모아서 한 번에 깨어나려고 그러나?'

시끄럽던 녀석이 조용하니까 괜히 꺼림칙하네.

성지한은 필살기를 작성해서 적을 더 소모할까 하다가, 여러 줄 시스템 메시지를 살펴보았다.

대부분은 업적을 깼다는 메시지였지만.

[챌린저 리그 - 5에 승급하기 위해선, 레벨이 640 이상이어야 합니다.]

그중, 챌린저 리그 승급 조건이 있는 걸 보곤 이에 집중했다.

'챌린저 5는 650이상 줄 알았는데, 640이네.'

이러면 레벨 5만 더 올리면 대성좌를 초대할 수 있는 거잖아?

다음 토너먼트 때에는, 대성좌 초대 가능하겠네.

'이건 채널을 통해 알려야겠군.'

성지한은 배틀튜브를 켜서, 바로 본론으로 들어갔다.

"여러분. 제가 드래곤 로드 덕에, 레벨 635를 찍었습니다."

-635?? 미친;

-성장 속도 말이 되냐 진짜…….

-아니 덜 오른 거 아니야? 레벨 9 성좌들이 그렇게 허물로 죽었는데.

-진짜로 죽은 건 아니고 아바타로 사라진 거니, 그 정도만 올랐겠지.

-그래도 넘 적게 올랐다 시스템이 짜네.

레벨 40 성장에, 짜다 아니다 가지고 싸우는 외계의 시청자들.

이미 배틀튜브에서 가장 주목도가 높은 플레이어가 된 성지한의 채널엔, 무수히 많은 외계인들이 입장하고 있었다.

"어쨌든, 다음 토너먼트는 대성좌들도 참여 가능할 것 같네요. 레벨 640이면 챌린저 5를 가더라구요."

-챌린저 5면…… 대성좌 참여 가능한 건가.

-드래곤 로드가 자기 참여할 길을 스스로 열었네;

-이것도 다 계획이었음…….

그러며 사실 이게 드래곤 로드의 진짜 설계 아니었냐고 이야기가 나올 즈음.

성지한은 웃으며 말을 이었다.

"예. 그러니 이번에도 토너먼트에 많이들 참여해 주십시오."

그러자, 채팅창에선 물음표가 압도적으로 떠올랐다.

–??
–저기요. 뭔가 잘못 생각하시는 거 같은데…….
–대체 누가 참여를 해요??

* * *

드래곤 로드의 아바타를 꺾었던, 저번 토너먼트.
성지한은 그 후 길가메시와 이야기를 나누느라 별로 체감하지 못했지만.

–드래곤 로드의 아바타까지 그렇게 짓밟았으면서…….
–누가 도전하려고 하겠어요?
–9레벨까지는 참가 신청 안 할 듯;

현재 이 건은, 배틀튜브에서 가장 큰 화제를 불러 모으고 있었다.

–드래곤 로드의 아바타, 9레벨 성좌와는 격이 달랐지.
–ㅇㅇ 용족 성좌들에게 다른 참가자들 죄다 짓밟혔잖아.
–근데 그걸 성지한이 가볍게 찍어 눌렀으니…….
–솔직히 말해 봐요. 당신 관리자죠?

-진짜 적색의 관리자 아님?

　-그러게 적의 권능도 자유롭게 쓰잖아.

　9레벨 성좌들을 집어삼키면서 성장했던 드래곤 로드의 아바타는, 누가 봐도 압도적으로 강했다.

　스페이스 아레나와 용족이 결탁했다는 이야기가 나올 정도였으니까.

　하지만 성지한이 최종전에서 보여 준 모습은 그런 로드의 아바타를 완전히 압도했고.

　더 나아가 적색의 손이 봉인되었음에도, 적의 권능을 자유자재로 사용하면서 화염의 주인이 누군지를 보여 주었다.

　-이러면 드래곤 로드가 대성좌 상태로 붙어도 힘들지 않을까?

　-그럴 수도 있음 ㅇㅇ 불과 용언이 다 막혔으니까.

　-그래도 대마법으로 싸울 땐 나름 선전하던데…….

　-그것도 결국 성지한이 이겼잖음.

　-놀라운 게 뭔지 앎? 성지한 아직도 성좌가 아니라는 거임…… 아직 성장할 구석이 더 남아 있어;

　외계인에게 배틀튜브를 처음 공개할 때만 해도, 많은 시청자들이 성지한 패배에 돈을 걸곤 했는데.

성지한이 근래 보여 준 성적표가 워낙 독보적이라, 인류라는 종족에 묶여 있음에도 그에 대한 평가는 완전히 반전된 상태였다.

'이거 분위기가, 9레벨 성좌는 참여하지 않을 거 같은데.'

드래곤 로드도 패배한 마당에, 용족한테도 밀린 9레벨 성좌들이 과연 전투에 참여하겠나.

물론, 동방삭은 이거랑 관계없이 참여할지도 모르지만.

'그래서야 이 토너먼트를 개최한 의미가 없지.'

적색의 손을 상품으로 두고 토너먼트를 연 이유는, 어디까지나 대성좌를 제압하고 관리자가 되기 위해서다.

그 외의 부수적인 효과로, 인류의 종족 보너스도 받긴 했지만.

'9레벨 성좌들의 참여율이 저조하면 그 보너스도 축소되겠지…….'

정말 재수 없으면, 토너먼트가 아니라 그 동방삭이랑 1:1 구도만 만들어질지도 몰랐다.

굳이 그런 상황을 만들 필욘 없겠지.

"아무래도 분위기가 9레벨 성좌 분들도 토너먼트 참여하지 않을 거 같네요. 그럼 어쩔 수 없이, 챌린저 5를 확정 짓고 나서 토너먼트를 열어야겠습니다. 대성좌들은 참가하시겠죠."

현 레벨은 635.

챌린저 5에 도달할 수 있는 640까지는 아무래도 5레벨만 올리면 되는지라, 사실 굳이 일정을 뒤로 안 미뤄도 되었지만.

성지한은 확실하게 대성좌와 맞붙기 위해, 챌린저 5가 된 후 토너먼트를 진행하겠다고 공지했다.

-하긴 챌린저 6 상태에서 토너먼트 열었다간 손님 없을 듯;

-그러니까 누가 그렇게 드래곤 로드를 무자비하게 패래요?

-근데 챌린저 5 됐는데도 대성좌들 참여 안 하는 거 아님?

-에이 대성좌 무시해요? 설마 본신으로 참여할 수 있는데 안 올까.

아무리 성지한이 드래곤 로드의 아바타를 쉽게 이겼다고 해도.

대성좌들이 본신으로 참가할 수 있다면, 당연히 게임에 참여하겠지.

성지한은 물론, 대부분의 시청자들도 그리 생각했지만.

[드래곤 로드가 1억 GP를 후원했습니다.]
[나는 스페이스 아레나에 참전하지 않겠다. 경기장 맵

은, 조작되었다.]

이들의 생각과는 정반대의 메시지가 후원창에 떠올랐다.

* * *

"……맵 조작?"

성지한은 어처구니없는 눈으로 후원 메시지를 바라보았다.

처음엔 잘못 봤나 해서 눈을 깜빡여 봐도, 분명 이번에 온 메시지는 대성좌 드래곤 로드의 것이 맞았다.

-뭐야…… 드래곤 로드 토너먼트 보이콧 한 거임? ㄷㄷ
-설마 저번에 진 게 실력으로 밀린 게 아니라 아레나 때문이라는 거야?
-와 맵 타령은 좀…….
-사칭 아니야? 드래곤 로드가 진짜 이걸 보냈다고?
-사칭을 누가 1억 GP 쏘면서 하냐;

대성좌가 아레나를 탓하면서 다음 토너먼트를 보이콧 하다니.

시청자들이 상상조차 못 한 메시지에 당황하고 있을 때.

성지한은 설마 하며 물었다.

"혹시 우리 드래곤 로드께서 저번 패배로 겁먹으셨나? 대성좌가 성좌 후보자한테 형편없이 깨져 버려서?"

[드래곤 로드가 1억 GP를 후원했습니다.]
[나의 권능이 통하지 않은 것은, 아무리 생각해 보아도 공허가 아레나의 맵을 운용해서 그렇다. 토너먼트를 주최한 너와 아레나의 주인이 최종전 맵에 조작을 가했겠지.]

1억 GP씩 꼬박꼬박 후원하면서, 메시지 보내는 건 추하기 그지없네.

성지한은 입꼬리를 올리며 반문했다.

"애초에 조작은 네가 했지. 256강에서 드래곤 128마리를 들이민 게 말이 되냐? 너야말로 아레나의 주인이랑 무슨 작당을 한 거냐?"

[드래곤 로드가 1억 GP를 후원했습니다.]
[그것은 공허 측에 정당한 대가를 지불하고, 사들인 참가 권리다. 너처럼 맵을 조작한 플레이어와는 궤가 다르다.]

자기가 용족 성좌 128마리 넣은 건 정당하고, 최종전에서 패배한 건 조작이라고?

－와 이건 좀…….

　－드래곤 로드가 이렇게 추했나; 용족을 부흥시킨 위대한 지배자 이미지였는데…….

　－근데 혹시 진짜로 맵 조작 아닐까? 솔직히 성좌 후보자가 대성좌 아바타 이기는 게 말이 안 되잖아.

　－아레나에서 뭐 하러 조작하겠어?

　－아레나의 공정성을 믿기엔, 걔들도 이미 128명 용족 성좌 참가시켜 줬음.

　많은 시청자들은 드래곤 로드의 메시지를 보고 그를 비판했지만.

　일부에서는 진짜 조작 아니냔 의견도 심심찮게 나오고 있었다.

　그만큼, 저번 전투 결과가 믿기지 않긴 했으니까.

　'이놈은 안 오겠네.'

　성지한은 구질구질하게 구는 드래곤 로드를 깔끔하게 포기했다.

　대성좌가 뭐 이놈밖에 없는 것도 아니고, 참가할 애들이야 더 있겠지.

　"그래. 넌 참가하지 마라. 어차피 참가해 봤자 질 게 뻔한데, 자존심이라도 지켜라."

　성지한은 그러며 저리 가라고 손짓을 휙휙 날렸지만.

[드래곤 로드가 1억 GP를 후원했습니다.]

[이 토너먼트에 관심을 보이는 대성좌들에게 경고한다. 너희들은 정말 이번 결과가 말이 된다고 생각하느냐? 나의 아바타는 원래 본신의 힘 50퍼센트를 끌어낼 수 있는 성능이었다.]

드래곤 로드는 참가 보이콧에서 더 나아가, 다른 대성좌들에게도 참여하지 말라고 어깃장을 놓았다.

"……그게 50퍼센트였다고? 약하네, 너."

[드래곤 로드가 1억 GP를 후원했습니다.]

[내가 약하다고? 조작된 맵에서 이겨 놓고는 황당하구나. 네가 정말 그렇게 강하다면, 네 스스로를 나에게 특별 진상해라. 그럼 내 본체로 싸워 주지.]

거기서 더 나아가.

원래는 손을 잘라서 보내는 방법이었던 '특별 진상'을.

드래곤 로드는 성지한 자신에게 셀프로 쓰라고 이야기하고 있었다.

–그럼 결국 성지한이 드래곤 로드 레어로 가는 거 아님?

–자기 홈그라운드에서 성좌 후보자 부르겠다는 건가 대성좌가;

-그래도 저번 경기 때, 드래곤 로드의 힘이 50퍼센트나 됐던 건 믿기지가 않네. 그 힘을 지니고도 그렇게 쉽게 졌다고…….

-맵 조작은 맞긴 맞나 봄.

-뭔 조작…… 아무리 봐도 용족들이 채팅창에 좀 들어온 거 같은데 이거 ㅋㅋㅋㅋㅋ

-ㄹㅇ 조작설 퍼뜨리려는 거 같음.

그리고 드래곤 로드가 본신의 힘 50퍼센트를 거론한 이후부터, 난리가 난 채팅창.

맵 조작이냐 아니냐를 가지고, 서로 다투는 채팅이 끊이질 않고 있었다.

'드래곤 로드…… 저렇게 나오는 걸 보니, 날 이기긴 어렵다고 판단했나 보군.'

적의 권능이랑 상성이 안 좋아도 너무 안 좋았던 드래곤 로드.

그와 전투할 때, 성지한은 자신이 동원할 수 있는 버프를 다 쓰지도 않은 상태였다.

그럼에도 50퍼센트의 힘을 지닌 아바타를 제압했으니.

진짜 드래곤 로드와 맞붙어도, 성좌 모드를 켜고 공허를 본격적으로 운용하면 싸울 만하겠지.

드래곤 로드도 어느 정도 계산을 해 보곤, 사이즈가 안 나오니 저렇게 행동하는 것 같았다.

'저번 경기에서 좀 힘겹게 이겨 줬어야 했나.'

하지만 그러기엔 너무 약했단 말이지.

스탯 적이 강해지니, 이런 문제가 생기네.

성지한은 드래곤 로드는 일단 포기하기로 했다.

굳이 그를 잡고 싶다면, 특별 진상을 통해 저쪽으로 가 싸우면 되긴 했지만.

'갔다가 이겨도, 귀환 방법이 문제야.'

드래곤 로드의 레어가 우주 어디에 있는지도 모르는데.

굳이 거기까지 갈 필요가 없었다.

어차피 대성좌는 하나만 잡으면 되니까.

토너먼트에서, 대성좌 하나는 나오겠지.

"보시다시피, 드래곤 로드는 싸우지도 않고 패배를 인정했네요. 아무래도 저번 전투에서 너무 밀려서 겁을 많이 먹은 것 같습니다. 그럼 다른 분들과 토너먼트를 진행하죠."

성지한은 그리 말하며, 슬슬 배틀튜브를 끄려고 했다.

하나, 그가 떠나기 직전.

[드래곤 로드가 1억 GP를 후원했습니다.]

[특별 진상에 대해선 회피하는군. 조작된 맵이 아닌 곳에선 나와 싸울 용기가 없는가 보구나. 그럼…… 용기가 생기도록 해 주지.]

드래곤 로드는 마지막까지 1억 GP를 쏘면서, 의미심장한 메시지를 날렸다.

'……뭔 짓을 하려고?'

성지한은 메시지를 보며 미간을 찌푸렸다.

어째, 꽤 귀찮아질 거 같았다.

* * *

4일 후.

=여러분! 오래 기다리셨습니다. 스페이스 리그 경기…… 이제 시작합니다!

=상대 종족은, '붉은 머리의 용족'입니다. 저번에 한 차례 만난 적이 있었죠!

인류의 스페이스 리그 정규 경기가 열렸다.

"용족이랑 또 만났네."

"아직 안 만난 종족도 있는데, 저번 상대랑 또 싸우다니…… 일정이 어떻게 짜여진 건지 모르겠어."

세계수 엘프 때도 그러더니.

용족도 뭐 이렇게 빨리 다시 만나나.

플레이어들이 경기 일정이 왜 이렇게 짜였는지 의아해할 때.

"삼촌. 오늘, 드래곤들이 뭔 짓 할 거 같지 않아?"

윤세아는 심각한 얼굴로, 성지한을 바라보며 입을 열었다.

"갑자기 왜?"

"왜긴, 요 며칠 삼촌 채널에서 드래곤들이 깽판 치고 있었잖아. 엘프가 조용해지니 이젠 드래곤들이 참……."

드래곤 로드가 맵 조작설을 퍼뜨린 이후.

성지한이 게임을 매칭해서 배틀튜브를 킬 때마다, 드래곤들은 득달같이 달려들어서 후원 메시지창을 도배하곤 했다.

[성지한은 아레나와의 유착 관계를 해명하라.]

[조작된 맵으로 인해 피해를 입은 피해자들에게 사과와 배상을!]

[토너먼트는 조작되었다!]

이런 메세지를 도배하며, 조작설을 퍼뜨리는 용족.

드래곤 로드의 패배를, 조작설로 덮으려는 용족의 시도는 어느 정도는 성공해서.

배틀튜브에서는 며칠 사이에서 성지한-아레나 유착설을 다룬 영상이 상당히 많이 업로드되고 있었다.

당하는 입장에선, 상당히 짜증 날 법했지만.

"덕분에 재산 많이 증식했어."

정작 당사자는 태연했다.

"드래곤들 돈 많더라."

"아…… 삼촌한테 후원 보내려면, 이제 1억 GP 내야 하지?"

"어. 그 돈 내면서까지 조작설 퍼뜨리겠다면, 받아 주지 뭐."

용족이 후원 메시지창을 도배하자, 성지한은 최소 1억 GP를 내야 후원을 보낼 수 있도록 가격을 높게 설정했다.

이는 사실상 후원 메시지 보내지 말라는 가격이었지만.

그럼에도 용족의 메세지는 살짝 줄어들 뿐 도배는 멈추지 않아서.

안 그래도 많던 성지한의 GP는 한층 더 업그레이드되어 있었다.

'이 넘치는 GP도 쓸 곳을 어떻게든 찾아봐야겠는데…….'

이 GP로 능력치 올릴 방법은 없나?

성지한이 계속해서 불어나는 재산을 보며 그런 행복한 고민에 잠길 즈음.

=양 팀 감독, 감독실로 들어섭니다.

=1경기 밴, 셀렉트. 이제 시작하려 합니다!

인류 감독, 데이비스와.

'붉은 머리의 용족' 감독, 알트카이젠이 감독실로 들어섰다.

'알트카이젠…… 저번에 풀어 주었을 땐, 나에게 용언으로 맹세했지.'

용족 감독, 알트카이젠.

그는 성지한과 예전에 스페이스 리그에서 엮었던 플레이어였다.

—용언으로 맹세하지. 날 풀어 주면, 우리 행성의 용족은, 스페이스 리그에서 너희 인류에게 언제나 양보하겠다. 그래…… 세계수 엘프를 상대할 때처럼.

과거 드래곤 로드가 줬던, 알트카이젠의 드래곤 하트.

그걸 10퍼센트 남겨 그의 행성에 던져 주는 대가로, 알트카이젠은 인류에게 언제나 승리를 양보하겠다고 약속했다.

'하지만 그때랑 지금은 상황이 다르니, 약속이 안 지켜질 거라 봐야겠지.'

용언의 구속력이 얼마나 될지는 모르겠지만.

근래 드래곤 로드와 용족이 치졸하게 나오는 걸 생각해 보면, 알트카이젠의 맹세도 안 지켜질 확률이 높았다.

성지한이 그렇게 별 기대 없이 화면을 바라보고 있을 때.

[나는 성지한과 약속했다. 나를 살려 주는 대신, 우리 행성의 용족은 인류에게 승리를 양보하기로.]

"오……."

용족 감독으로 출전한 레드 드래곤 알트카이젠은, 순순히 자신의 맹세를 지키려 하고 있었다.

"뭐야, 무슨 일이래?"

"드래곤이 약속을 지켜……."

요 근래 성지한 채널에서 깽판 치던 드래곤 때문에, 이미 인류에게 이미지가 엘프급으로 떨어진 용족.

그중 하나인 알트카이젠이 약속을 지키겠다고 나오자, 사람들은 놀랍단 반응을 보였다.

=엇, 이게 무슨 말인가요?!

=성지한 플레이어와 용족 대표 사이에, 예전에 약속이 오갔었나 봅니다!

=인류에게 승리를 양보한다니…… 그럼 져 준다고 보면 될까요?

=성지한 선수가 밴을 당하면, 사실 용족을 상대하기란 쉽지 않았죠!

드래곤 로드의 추태로, 근래 평가가 급격히 하락한 용족이었지만.

사실 종족의 스펙 자체는 압도적으로 강했다.

아무리 종족 등급이 한 단계 오른 인류라 할지라도.

성지한이 밴당하면, 드래곤을 상대로 절대 승리를 장담할 수 없었으니까.

하지만 상대가 저렇게 나오니, 경기를 중계하던 해설진들의 목소리가 한층 밝아졌다.

=용족이 맹세를 지킨다면, 이번 게임도 저희가 수월하게 가져올 수 있을 것 같습니다.

=성지한 선수, 이런 건 숨기지 말고 미리 어필을 하셔야 하는데 말이죠!

=에이, 배틀넷에 참여한 종족들이 어떻게 뒤통수 칠 줄 알구요. 이렇게 약속을 이행하는 케이스야말로 오히려 드물지 않겠습니까.

=하긴…… 그건 그렇군요!

긴장 풀린 해설자들이 그렇게 대화를 나누는 사이.

상대 팀의 카드 뽑기가 시작되었다.

[밴 카드는, 약속에 의거해 뽑지 않겠다.]

[성지한 선수를 밴하지 않겠다고…….]

[그렇다. 이게 확실한, 용언의 증거겠지.]

성지한을 밴하지 않으면, 필패한다.

이건 이미 인류가 속한 스페이스 리그에서는 상식이나 다름없었다.

성지한은 레벨 9 성좌도 가볍게 깔아뭉개는 괴물 같은 플레이어였으니까.

그를 밴하지 않으면, 게임을 이기는 것은 불가능했다.

그러니 알트카이젠이 밴 카드를 뽑지 않는 건, 확실히 용언을 지키겠다고 선언한 거나 다름없었다.

"오…… 드래곤 로드보다 참된 용족이 있었네."

"그러니까. 로드는 진짜 추하던데."

성지한 채널에서 최근 추태를 부린 드래곤 로드와 대조되는 알트카이젠의 행보에.

선수 대기실에서는, 그를 호평하는 여론이 잠깐 일었다.

하지만.

[다만, 경기 시작 전에 하나 궁금한 것이 있다만.]

[궁금한 거?]

그런 평가도 잠시.

지이이잉…….

거대한 레드 드래곤의 몸 주변에 문자가 떠오르며.

[지구의 행성 좌표를 말하라.]

알트카이젠의 본론이 드러났다.

* * *

=엇 이건…….

=설마 용언입니까?
=감독실에서 힘을 사용하다니! 이건 룰 위반일 텐데요?

문자가 떠오른 후, 데이비스에게 명령하는 알트카이젠을 보며 해설자들은 경악했다.
감독실은 원래 공정한 카드 뽑기를 위해, 서로에게 개입할 수 없는 게 원칙이었다.
그래서 데이비스 감독처럼 현역 플레이어가 아닌 사람도, 감독실에 들어갈 수 있었던 것인데.
알트카이젠은 이 룰을, 완벽하게 어겼다.
그러자.

[플레이어 '알트카이젠'이 감독실에서 추방됩니다.]
[이번 게임에서, '붉은 머리의 용족'의 셀렉트, 밴 카드를 완전히 박탈합니다.]

쩌저적⋯⋯!
거대한 용의 육체가 순식간에 갈라져 사라지며.
용족의 카드 뽑기 기회는 완전히 박탈당했다.
이는 확실히, 스페이스 리그 매치업에서 치명적인 페널티였지만.
[지구의 행성 좌표는⋯⋯.]
용언의 흔적이 남아 있는 건지.

데이비스는 흐리멍텅한 눈으로 입을 열고 있었다.

-뭐야 이 새끼들 ＿＿; 애초에 목적이 이거였어?

-와 진짜 개 쪼잔해 성지한 님 못 이기니까 지구 위치 알아내려는 거잖아…….

-이 게임 포기하더라도 지구 위치 알아내겠다는 건가 아 데이비스 입 못 막아?

-아니, 알트카이젠 추방만 하는 게 아니라 용언도 풀어 줘야 할 거 아냐!!

-이거 알려지면 큰일인데…… 성지한 님 손 노리고 전 우주에서 쳐들어오는 거 아님?

사람들은 데이비스가 입을 움직이자, 지구의 위치가 드러날까 봐 조마조마했지만.

[……나도 모른다.]

데이비스의 입에서 나온 대답은 뜻밖이었다.

=……엥?

=모, 모릅니까?

조금 전까지만 해도, 데이비스의 입을 막아야 한다며 샤우팅을 하던 해설자들은 벙 찐 목소리로 말했다.

=아, 생각해 보면……

=행성 좌표, 이게 대체 뭡니까? 천문학자들은 알까요?

=글쎄요. 알트카이젠이 물어본 건, 아마 배틀넷 상의 좌표일 거 같은데……

=그런 정보는 아직 공개가 안 되었죠?

알트카이젠이 페널티를 감수해 가며 물어본 행성 좌표.

하나 그의 시도는, 데이비스의 무지로 인해 실패로 돌아갔다.

−ㅋㅋㅋㅋ 뭐야 식겁했네.

−감독이 무식해서 살았닼ㅋㅋㅋㅋ

−에이, 근데 데이비스 무식하다고 하긴 그렇지. 행성 좌표 아는 사람이 얼마나 됨?

−그러게 지구 좌표가 뭐여 ㅋㅋㅋㅋ 어디 뜨냐 그런 거.

−이거 이러다 행성 좌표 검색어 1위 찍겠네;

−이미 찍음 ㅋㅋ

데이비스의 대답에 사람들이 한숨을 돌리는 동안.

"와…… 감독님 나이스네."

"행성 좌표는 근데 진짜 어디서 알 수 있는 거야?"

"시스템창 좀 뒤져 봐야 하나?"

선수 대기실의 선수들도 행성 좌표에 관심을 가지고 있었다.

하나.

"알아보지 마십시오. 인게임에서 저놈들이 용언을 또 쓸 수도 있으니."

"아, 네. 알겠습니다!"

성지한의 경고에, 다들 행성 좌표 알아보는 걸 멈추었다.

"그리고. 만약 인게임에서 용언이 발동할 경우."

스으윽.

성지한은 좌중의 플레이어들을 돌아보았다.

"상황에 따라, 제가 여러분들을 죽일 수도 있습니다. 미리 사과드리죠."

"예, 예……!"

"얼마든지 죽여 주세요!"

성지한의 말에, 인류 대표팀 선수들이 바로 납득하고 있을 때.

[……어? 뭐, 뭐였지.]

감독실에서, 데이비스 감독이 용언에서 풀려나 정신을 차렸다.

* * *

=1경기 시작합니다!

=감독실에서 많은 우여곡절이 있었지만…….

=데이비스 감독의 적절한 대처로 맵도 저희가 원하는 걸 가져왔네요!

=1경기 맵은 사우스게이트입니다!

사우스게이트.

이 맵은 인류 대표팀에게 가장 익숙해서, 셀렉트 카드로 가장 애용하는 곳이었다.

[종족 보정을 받습니다.]

[용족 1개체당, 5명의 플레이어가 등가로 소환됩니다.]

총 100명의 플레이어가 소환되자, 떠오르는 메시지.

플레이어들은 이를 보고는 아쉬워했다.

"저번엔 1개체 당 10명이었는데…….."

"종족이 진화해서 그런가?"

"그럼 용 20마리를 상대해야겠네."

"그래도 참. 갑자기 종족 보정 효과가 반절로 팍 깎이다니……."

최하급에서 하급으로 오르고, 교환비가 안 좋아진 인류.

진화가 이럴 땐 안 좋게 작용한다고 사람들이 체감하고 있을 때.

=저희가 공격이군요!

=드래곤, 사우스게이트를 수호할 생각은 하지 않고 일제히 날아오고 있습니다!

=숫자는 총 20입니다! 누가 공격이고 누가 수비인지 모르겠군요!

횡! 횡!

하늘을 메워 가는, 거대한 드래곤의 모습.

그들은 하나같이 붉은 비늘을 지니고 있었다.

[인류여. 너희는 무지해도 너무나 무지하구나.]

[너희의 지배자가, 사는 곳의 위치조차 알지 못하게 억압했단 말이냐?]

[독재자의 압제가, 극에 달했어!]

드래곤은 대표팀의 진형을 향해 날아오면서, 각자 크게 목소리를 내고 있었다.

그들의 말은 하나같이, 사는 곳 위치도 안 알려 줬다고 인류의 지배자를 성토하는 내용이었다.

"……독재라니. 설마 삼촌한테 이야기하는 건가?"

"그런가 본데."

성지한은 피식 웃었다.

행성 좌표 모르는 게, 독재자의 횡포인 것처럼 말하다니.

"와, 삼촌이 진짜 지배라도 했음 억울하지라도 않지…… 쟤들은 진짜 왜 저런대? 채팅창에서도 그렇고,

뭔 헛소리만 맨날 도배해 대."

"뭐, 배틀튜브에선 1억 GP씩 주기라도 하니, 개소리도 기쁘게 듣고 있다만."

"하긴, 저건 돈도 안 주잖아?"

"응. 그러니 들을 필요가 없어."

스스스⋯⋯.

성지한의 왼팔에, 이클립스가 피어오르고.

저벅. 저벅.

그는 발걸음을 옮겨, 인류 대표팀의 선봉에 섰다.

"또 용언을 쓸 수도 있으니, 경기 빨리 끝내겠습니다."

"네!"

스으윽.

성지한의 검 끝이 하늘을 향할 때.

[인류여. 행성 좌표는, 시스템 창에서⋯⋯.]

드래곤들은 친절하게 행성 좌표 보는 법을 설명하고 있었다.

저렇게 해서 좌표를 알게 되면, 용언으로 또 이를 캐내려 하겠지.

'세계수 엘프랑은 또 다른 타입으로 귀찮게 하네.'

빨리 처리해야겠어.

이클립스에서, 공허가 매섭게 피어오르고.

천마신공天魔神功

일검파천一劍破天

검이 하늘을 한 번 베었다.

그러자, 일순간, 보랏빛으로 물드는 하늘.

[앱솔루트 배리어!]

드래곤 무리는 황급히 최고 등급의 방어 마법을 사용했지만.

스스스스……

보호막이 쳐지기도 전에, 그들의 몸은 공허에 녹아내리고 있었다.

겉으로는 하늘을 지배할 것 같던 20마리의 드래곤은.

일검조차 이겨 내지 못하고, 모두 뼈 한 조각 남기지 못한 채 사라져 갔다.

=역시 성지한 선수……! 드래곤 로드도 물리쳤는데, 이 정도야 가뿐하죠!

=그래도 일검에 사라질 줄이야…… 이 선수는 정말, 볼 때마다 압도적으로 강해집니다!

=성지한 선수가 인류여서 정말 다행이에요! 다른 종족에서 이런 선수가 나타났다고 생각하면 정말 끔찍합니다!

=지금 스페이스 리그에서, 저희 빼고 다 그 생각 하고 있을 겁니다!

성지한의 일검이 불러온 결과에, 해설자들이 목청을 높일 즈음.

[1경기가 종료됩니다.]
[인류 측이 승리합니다.]
[1경기 MVP로, '성지한'이 선정됩니다.]
1경기가, 순식간에 끝났다.

* * *

-성지한 밴 풀리니까, 진짜 순식간이네.
-아직 치킨 안 왔다구요…… ㅠㅠ
-스페이스 리그 경기 때 배달을 시키다니 노매너네 ㅋㅋㅋㅋ 미리 픽업했어야지.
-근데 진짜 30분도 안 돼서 시리즈 종료할 거 같음.
-30분이 뭐야 밴 셀렉트도 안 하니 10분 컷 될 거 같은데?

스페이스 리그에서, 최상위권을 차지하는 붉은 머리의 용족과 치르는 경기.
시청자들은 이번 게임이 나름 빅매치가 될 거라고 기대하고 있었지만.
뚜껑을 까 보니, 결과는 예상과 전혀 달랐다.

성지한이 밴을 당하지 않고.

용족이 인류를 용언으로 휘두르려 하는 순간부터.

게임은 눈 깜짝할 사이에 끝이 나고 있었다.

그다음 시작된 2경기에서도.

[인류여……!]

드래곤은 어떻게든 인류에게 좌표를 알아내려고 했지만.

"너흰 그냥 입을 열지 마."

성지한은, 그런 드래곤 무리를 단칼에 쓸어버렸다.

더 나아가, 3경기가 되어서는.

"쟤들 오기 전에 제가 먼저 가죠."

슉!

드래곤이 날아오기도 전에, 성지한이 용들을 때려잡으러 날아갔다.

=용족과의 스페이스 리그 경기…….

=3경기까지 순식간에 종료됩니다!

=성지한 선수. 드래곤 상대로 인정사정이 없었습니다!

=지구의 좌표를 알아내려고 했는데, 당연히 그래야죠!

밴 풀린 성지한이 얼마나 괴물인지를 보여 주며, 순식간에 끝나버린 스페이스 리그 게임.

인류는 3:0으로 가볍게 붉은 머리의 용족을 압살하며,

리그 1위로 올라섰다.

한편.

"드래곤 진짜…… 좌표 좌표 하는데 징글징글하더라. 알아내면 바로 쳐들어올 기세던데."

"어, 집요하더라."

게임에서 로그아웃한 성지한과 윤세아가, 대화를 나누고 있을 때.

"그대여."

스스스…….

거실의 바닥에서, 그림자여왕이 모습을 드러냈다.

"용족에게서, 나한테도 연락이 왔다."

"너한테도?"

"그래. 어떻게 알고 연락을 해서, 지구의 좌표를 물어보더군."

성지한은 미간을 찌푸렸다.

드래곤 로드 이놈, 진짜 못 이길 거 같으니까 종족 동원해서 치졸한 짓거리를 벌이고 있네.

"설마 여왕님…… 빚에 허덕여서 알려 주신 건 아니죠?"

"날 뭘로 보고 그런 말을 하나! 그리고 드래곤 로드와의 전투가 꽤 장기전이어서, 적자 폭이 많이 줄어들었다."

"그건 다행이네요."

"그래도 투자를 받아야 하는 건 변함없지만……."

"아메리칸 퍼스트가 투자한다고 하지 않았어요?"

윤세아의 물음에 그림자여왕은 고개를 가로저었다.

"아직 협상 중이다. 아메리칸 퍼스트에선, 나보고 아예 미국에 와 줬으면 좋겠다고 하더군."

"헐, 미국으로 오라구요?"

"그래. 겉으로는 원활한 방송 협의를 위해서라곤 하지만, 다른 속셈이 있어 보였다."

"자국 내에 성좌를 데려오고 싶나 보네."

그림자여왕이 이번에 토너먼트 해설을 한다고 하면서 사람들에겐 어느 정도 친숙한 이미지로 변하긴 했지만.

그녀는 힘을 다 회복하지 못했을 뿐, 고위급 성좌였다.

채널 운영권에 투자하는 김에, 성좌까지 자국 내로 데려오려는 게 아메리칸 퍼스트의 노림수인 것 같았다.

'그렇게 놔둘 순 없지.'

"여왕, 얼마 필요한데?"

"오, 설마 투자할 생각인가?"

"어, 어차피 대기길드도 돈 쌓아 두고 있거든."

그림자여왕도 갈 생각은 없는 것 같지만, 그래도 확실하게 하는 게 좋으니까.

성지한은 대기 길드에 쌓여 있는 GP를 투자하기로 했다.

"그럼 나야 고맙지. 사실 네 검 역할을 할 때도 있는데, 미국 가긴 무리다."

"검 역할이라…… 근데 이제는 이클립스에 네가 없어도, 충분히 화력이 나오던데."

"……뭐, 네 그림자검은 공허와 너무 밀접해져서 내 영역을 벗어나긴 했다. 애초에 계획했던 그림자권능과도, 궤가 많이 달라졌지."

"그런가? 그럼 검에 굳이 들어올 필요는 없는 거네?"

성지한의 물음에, 그림자여왕은 고개를 끄덕였다.

"그렇긴 하다. 다만 내가 있고 없고에 따라, 힘의 차이가 10~20% 정도는 날 수 있어."

"나중에 한번 정확하게 계산해 봐야겠네."

큰 차이가 없다면, 굳이 성좌 그림자여왕을 검에 묶어 둘 필요는 없겠지.

성지한은 투자 건을 끝내고, 테스트해 봐야겠다고 생각하며.

"하연 씨, 길드에 자금 많이 남아 있죠?"

그 자리에서 바로 이하연에게 전화했다.

[아…… 네. GP야 계속 쌓여 있죠!]

"이번에 아메리칸 퍼스트에서 그림자여왕을 미국으로 빼 가려 하는 것 같더라고요. 그래서 그냥 저희가 여왕에게 투자할까 합니다."

[아, 근데 여왕님한테 투자하면 패가망신…… 아니었나요?]

"다 들린다."

[앗, 옆에 있었구나…… 그치만 실적이 너무 안 좋잖아요!]

"괜찮습니다. 제 개인 GP도 반 넣을게요. 이번에 드래 곤 놈들이 하도 후원 빵빵하게 해 줘서, 넘치는 게 돈이 니까."

[아, 아니에요, 오너님. 일단 대기 길드 GP로 처리하 고, 그래도 부족하면 도움을 청할게요. 어차피 쓸 데도 없었으니까요.]

"알겠습니다. 그럼 부탁 좀 드리죠."

성지한은 GP가 부족하다면 개인 재산을 넣겠다고 했 지만, 이하연은 이를 극구 사양했다.

"음…… 이야기를 들으니 돈을 버리는 분위기군. 내가 투자금을 불려 줄 거란 생각은 왜 안하는 거지?"

"하겠냐? 세계수 엘프한테 끌려가는 건 구해 줄 테니, 중계권 같은 건 다신 사지 마라."

"……"

"대답은?"

"아, 알았다."

성지한의 물음에, 애써 고개를 끄덕이는 그림자여왕.

'일단 이건은 해결했고.'

여왕 건은 대기 길드에서 투자하는 거로 처리가 되었지 만, 정작 문제는 드래곤들이었다.

세계수 연합에게 무슨 도움을 받았는지, 개체수가 기하 급수적으로 늘어난 용족은.

지구 위치를 알아내려고 혈안이 되어 있었으니까.

'솔직히 사람들 중에서 1천억 준다고 하면…… 좌표 불 사람 적지 않을 거란 말이지?'

지금이야 사람들이 배틀넷의 행성 좌표를 열람하는 법을 모르고 있지만.

시간이 지나 행성 좌표가 알려지면, 분명히 돈이 급한 일부 사람들이 저쪽에 좌표를 팔아넘길 수도 있었다.

이런 일이 발생하기 전에, 용족 건도 어느 정도 정리를 해야 하는데 말이지.

'귀환 방법만 확실하면, 그냥 로드 놈 레어로 쳐들어가는 건데.'

이렇게 원수지간인 거치고는, 아직도 성지한의 후원 성좌인 드래곤 로드.

그에게 자신을 특별 진상하면, 드래곤 로드의 레어로 갈 수 있었지만.

이 방법은 지구로 돌아올 수단이 없기에 지금 써먹을 수가 없었다.

'일단은, 레벨 업 좀 하고 와야겠군…….'

성지한은 드래곤들에게 어떻게 대처할지 생각하다가, 일단은 레벨을 먼저 챙기기로 했다.

635에 도달한 레벨은 이제 올라가는 속도가 너무 느려서, 매일 꾸준히 매칭을 돌려줘야 했으니까.

"나 레벨 업 좀 하고 올게."

"아, 매칭 돌리게? 응, 잘 갔다 와~"

그렇게 게임을 돌린 성지한은.

[우주수 이그드라실이 드래곤 로드에게 흥미로운 제안을 들었다고 말합니다.]

"……넌 또 왜 나와?"

배틀튜브에 접속하자마자 이그드라실의 메시지까지 받게 되었다.

* * *

게임 시작하자마자, 튀어나온 이그드라실의 메시지.

-요즘 용족이 맨날 후원 메시지 날리더니 이제 이그드라실까지 나오네 ___;

-뭔 난장판이여 진짜…….

-엘프랑 드래곤이랑 쌍으로 ㅈㄹ이네 진짜 ㅋㅋㅋㅋ

-근데 이그드라실은 왜 후원도 안 했는데 글씨 색깔 다르고 후원창처럼 따로 뜸?

-관리자라 그런 듯;

엘프와 드래곤의 조합에 인류 시청자들은 경악했다.

외계의 종족 중에서도, 사람들에게 압도적으로 비호감

도 1, 2위를 다투는 두 종족.

하필 저 둘이 엮여서 뭔 짓거리를 하려는 건지, 걱정이
안 될 수가 없었다.

"흥미로운 제안이 뭔데?"

[드래곤 로드가 용족 행성 22개와 해츨링 1만 마리를
지급하는 대신, 행성 위치를 알려 달라고 했습니다.]

"너 지구 어딘지 알아?"

[이그드라실이 관리자 권한으로 위치 정도는 파악하고
있다고 말합니다.]

성지한은 그 말에, 예전에 고엘프가 쳐들어오려고 했
을 때를 떠올렸다.

그러고 보면 고엘프는 좌표 잘도 파악해서 쳐들어오려
고 했었지.

'그게 관리자를 뒷배로 둬서 가능한 거였나.'

대성좌랑 관리자.

확실하게 권한 차이가 나는군.

성지한은 그리 생각하면서, 채팅창을 가라앉은 눈으로
바라보았다.

"그래서 어쩔 생각이지?"

[우주수 이그드라실이 자신은 성지한 편이지만, 그래
도 저쪽에서 거절하기 힘든 제안을 해 왔다고 말합니다.]

"내 편은 무슨. 본론이나 말해라."

[22년간 성지한이 세계수 엘프 소속이 된다면, 용족의

제안을 바로 거절하겠다고 이그드라실이 말합니다.]

　　-아 이 징글징글한 것들 ——
　　-근데 왜 22년이야?
　　-용족이 행성 22개 준다고 했으니 그거로 가치 판단한 듯.
　　-행성 1개당 성지한 1년 사는 거야? 가격은 높게 쳐줬
다? ㅋㅋㅋㅋㅋ
　　-이 제안 거절하면 그냥 지구 좌표 알려지는 건가…….

　　행성 1개당 1년으로 쳐서, 성지한을 세계수 연합으로
끌어들이려는 우주수 이그드라실.
　　드래곤 꼬장에 이어, 엘프 수장의 협박까지 이어지자
성지한은 표정을 굳혔다.
　　"싫다면?"
　　[이그드라실이 그럼 내키지는 않지만 용족의 거래 제안
에 응할 수밖에 없다고 답합니다.]
　　"그래……."
　　협박할 거리가 나서, 신나셨군그래.
　　'드래곤 피하자고 세계수 연합에 들어갈 수야 없지.'
　　드래곤이야 쳐들어오면 싸울 수라도 있지, 저기는 들어
가면 그냥 끝이다.
　　녹색의 관리자가, 성지한을 성심성의껏, 철저히 관리
해 줄 테니까.

한편.

"여기 적이 있다!"

매칭된 게임에선, 성지한의 적팀 플레이어가 그를 찾아 공격하려 했지만.

"아, 지금 좀 바쁘다."

성지한은 귀찮다는 듯이, 검을 한차례 휘둘렀다.

혼원신공混元神功
삼재무극三才武極
횡소천군橫掃千軍

좌아아악!

그러자 각양각색의 종족으로 이루어진 플레이어들이 일거에 쓸려 나갔다.

-챌린저 6에서도 그냥 파리 쫓듯 쓸어버리네;

-드래곤 로드도 족치고 왔는데 이런 애들쯤이야…….

-너무 세게 족쳤음 ㅠㅠ 드래곤 로드 쫄아 가지고 뒤에서 개짓거리만 하잖아.

-ㄹㅇ;; 지금 생각했으면 좀 맞아 줬어야 했음.

-그치만 로드가 약한 걸 어떻게 해 ㅠㅠ

이제 이런 결과는 당연하게 받아들이는 사람들.

성지한은 횡소천군 한 방에 현재 팀에서 스코어 1등이
되자, 검을 다시 집어넣었다.

그리고.

'스코어는 벌었으니, 이제 나도 협박을 좀 해야겠군.'

당하고 살 수만은 없지.

성지한은 우주수 이그드라실의 이름을 보았을 때, 생각
난 협박 수단을 꺼내기로 마음먹었다.

"인벤토리."

인벤토리를 열어, 한 물건을 꺼낸 그는.

"이그드라실. 이게 뭔지, 알아보겠냐?"

화면을 향해 이를 흔들었다.

* * *

-뭐지 저건…….

-뭐 대단한 물건 꺼내나 했더니, 그냥 붉은 버튼이네.

-허세를 부리는 건가?

-쯧. 이그드라실 상대로 그런 게 통할 거라 생각하는
건지…….

성지한이 꺼낸 물건은, 하나의 스위치였다.

보랏빛과 적색이 뒤섞인 철판 위에, 불쑥 튀어나온 빨
간색 버튼이 인상적이지만.

그저 그것뿐인 물건.

외계의 시청자들은 처음엔 저런 물건 가지고 뭘 하겠냐고 비웃었지만.

[우주수 이그드라실이 그런 물건이 왜 EX등급을 받았냐며 의아해합니다.]

-EX?
-저딴 버튼이?
-어디에 쓰는 물건인데 그런 등급이 매겨져…….

이그드라실이 아이템 등급을 알아내자, 놀란 반응을 보였다.

"등급은 알아채도, 아이템 정보까진 못 보나 보네?"

[우주수 이그드라실이 배틀튜브로 관측하는 건 한계가 있다며, 어디에 쓰는 물건이냐고 묻습니다.]

"이 많은 시청자들한테 공개하긴 그렇고…… 그래. 아이템 정보, 너한테만 보여 줄 수 있나?"

그러자, 얼마 지나지 않아 성지한의 눈앞에 메시지창이 떠올랐다.

[우주수 이그드라실에게 아이템 정보를 공개하시겠습니까?]

배틀튜브에 이런 기능도 있었나?

'상대가 관리자라 이럴 땐 편리하군.'

성지한이 예를 누르자, 그가 들고 있던 아이템의 정보가 고스란히 이그드라실에게 건너갔다.

[세계수 점화 장치]
—아이템 등급 : EX
—버튼을 누를 시, 지구의 세계수에서 성화가 피어오릅니다.
—적색의 손을 지닌 상태에만 활성화되며, 손의 주인에게 성화로 흡수한 힘이 모두 귀속됩니다.
—해당 효과는 거리에 구애를 받지 않습니다.
—해당 아이템은 1회용 아이템입니다.

아레나의 주인이 주었던 아이템, 세계수 점화 장치.

버튼 하나만 누르면 세계수에 성화가 붙어서 전 인류를 다 불태우고.

그 성화의 힘을 성지한이 흡수하여, 적색의 관리자가 될 수 있는 아이템이었다.

이건 그냥 제발 관리자 되라고, 떠먹여 주는 수준.

[우주수 이그드라실이 뭐 이딴 아이템이 있냐며 경악합니다.]

이그드라실이 깜짝 놀라는 것도 무리가 아니었다.

'이그드라실은 적색의 관리자가, 자기보다 먼저 올라가

는 걸 경계했지.'

상시 관리자가 되기 위해서, 세계수 엘프를 가지고 별의별 짓거리를 다 벌이는 이그드라실.

그녀는 그런 와중에, 적색의 관리자가 자기보다 먼저 상시 관리자가 되는 걸 경계했다.

그래서 성지한에게 임시 관리자가 될 수 있는 방법을 알려 준 것도, 이그드라실이었지.

'그러니 이 세계수 점화 장치는 이그드라실에게, 가장 기겁할 만한 물건이다.'

누구는 상시 관리자 되려고 뼈 빠지게 노력하고 있는데.

정작 성지한은 버튼 누르면 적색의 관리자가, 그것도 상시를 넘볼 수 있는 관리자가 될 수 있으니.

이그드라실 입장에선 발등에 불이 떨어진 격이었다.

"내가 원래는, 이런 거 안 누르고 네 말대로 할까 했는데……."

성지한은 세계수 점화 장치를 들어, 버튼 쪽을 스윽 쓰다듬었다.

"요즘 하도 귀찮게 하는 애들이 많아서 말이야. 이거 급 누르고 싶더라? 특히 우리 우주수께서 협박하셨을 땐. 다 때려치우고 누를까 싶었어."

[우주수 이그드라실이 침착하라며 당신을 달랩니다.]

[아까 한 말은 그저 농담이었다며, 어떻게 자신이 용족에게 인류의 행성 좌표를 팔아먹겠냐며 자기 못 믿냐고

어필합니다.]

"널 믿어? 내가?"

성지한은 피식 웃으며, 버튼 옆을 툭툭 두드리다가.

버튼을 손가락으로 스윽 쓸었다.

"우리 사이에 신뢰가 어디 있냐? 아. 그래…… 니가 만약 용족 문제 처리하면, 믿음이 생길지도 모르겠다."

[우주수 이그드라실이 그러면 정말 버튼 안 누르는 거냐고 묻습니다.]

"어. 쟤들이 안 나대면, 굳이 버튼을 누를 필요야 없지."

성지한은 그러며 씩 웃었다.

"그러니까 네가 나 대신, 쟤들 좀 처리해."

6장

6장

성지한이 꺼내 든, 세계수 점화 장치.

이걸 가지고 한 협박의 효과는 굉장했다.

[우주수 이그드라실이 드래곤 로드를 잘 타일렀다고 합니다.]

[이제 다시는 용족이 난동을 부르는 일은 없을 거라 덧붙입니다.]

성지한이 처리하라고 하고, 5분 정도 지났을까.

이그드라실은 성지한의 채팅창에 일 처리가 끝났다고 말했다.

그리고.

ー와 대박……

–드래곤들 바로 조용해졌어;

–세계수 엘프가 진짜 드래곤 위에 있구나.

–엘프보단 관리자빨이지.

–그래도 어떻게 이렇게 일사불란하게 입을 안 열지? 신기하네 진짜 ㅋㅋㅋ

–아 근데 이제 1억 GP 후원 안 오는 건 아쉽겠네 ㅋㅋㅋㅋ

1억 후원을 쏴 대면서 저번 토너먼트는 조작이다, 행성 좌표를 알려 주면 사례하겠다던 드래곤의 메시지는.

이그드라실이 잘 타일렀다고 한 이후로, 싹 사라져 있 었다.

거기에 얼마 안 있어.

[드래곤 로드가 1억 GP를 후원했습니다.]

[······세계수 엘프와의 맹약에 의거하여, 나와 용족은 이제부터 인류와 성지한에게 개입하지 않도록 하겠다. 성좌의 후원 절차도 곧 해지하지.]

드래곤 로드의 공식 포기 선언까지 나왔다.

–와 맹약이 대체 뭐길래 10분도 안 지나서 항복하냐??

–용족 체면 완전 구겼네;

-엘프가 드래곤보다 우위에 있다고 알려져 있긴 했는데 오늘로 완전 공식화됐군.

-드래곤 로드도 적색의 관리자에 올라서려면 저 손 필요할 텐데…… 이걸 포기해?

-진짜 목줄 잡혔구나 엘프한테; 예전엔 적색 애완동물이고 이젠 녹색의 애완동물이네.

-근데 대체 저 버튼이 뭐길래 이렇게 태도가 확확 바뀐 거임?

-그러게…… 우리도 보여 줘요!

성지한이 버튼을 꺼내자마자, 상황이 180도 변하는 걸 보면서.

외계인 시청자들은 빨간 버튼에 주목하기 시작했다.

처음 볼 때만 해도 대체 왜 저딴 게 EX급 아이템이냐고 했지만.

아이템 정보를 보자마자 이그드라실이 깨갱하는 걸 보면서, 급 관심이 생긴 것이다.

하지만.

"여러분한테 알려 줄 거면, 아까 전체 공개를 했겠죠. 안 그렇습니까?"

성지한은 시청자들의 의문을 단칼에 끊어 내곤, 인벤토리에 세계수 점화 장치를 다시 넣었다.

[우주수 이그드라실이 당신 말대로 처리했으니, 약속

지키라고 말합니다.]

"어, 난 약속 지켜."

사실 이그드라실이 세계수 점화 장치에 격한 반응을 보였던 걸 생각하면.

이걸 가지고 녹색의 관리자를 좀 더 이용할 수도 있겠다만.

'이 정도 선에서 일단 만족해야지.'

관리자 상대로 너무 과하게 협박했다가는, 오히려 역효과가 날 수도 있었다.

이번에 나한테도 이런 물건이 있다는 걸 보여 준 것만으로도, 충분히 효과적이었으니.

지금은 인벤토리에 보관해 두면서, 존재감만 각인시키는 게 나았다.

[우주수 이그드라실이 당신을 믿겠다고 합니다.]

[지금까지 협박을 하기만 했지 제대로 당한 건 처음이라며, 상당히 두근거렸다고 덧붙입니다.]

[그러며 언제나 당신을 지켜보았지만, 더 유심히 바라보겠다고 말합니다.]

─아니 협박당했다고 뭘 두근거려.

─변태냐 ㅅㅂ 진짜;

─언제나 지켜보겠다니 스토커도 아니고…….

─이러다 나중엔 고백도 하겠어 아주.

-재수없는 소리 하지 마셈 ——

이그드라실의 마지막 메시지가 좀 찝찝하긴 했지만, 상황을 어느 정도 정리한 성지한은.
"아, 맞다. 그리고."
방금 생각났다는 듯, 말을 덧붙였다.
"드래곤 로드. 성좌 후원은 유지해 둬라."

-??
-왜 굳이 후원 성좌로 놔둬요?
-ㄹㅇ 딱히 도움도 안 되는 애를…….

성지한의 말에 시청자들은 그리 의문을 품었지만.
"나중에 날 셀프로 특별 진상해서, 네 레어로 쳐들어갈 거거든."
그의 침공 선언에 다들 경악했다.

-아니, 드래곤 로드의 레어에 왜 쳐들어 감;
-로드가 제대로 함정 파 놓을 텐데…….
-그러니까. 굳이 갈 필요가 있나?
-이대로 용족이랑은 갈라져서 서로 안 보고 사는 게 최선인데…….

이미 이그드라실의 개입으로, 용족은 쭈그러들었으니.

사실 그들과 굳이 드잡이질할 필요가 없긴 했다.

하나.

'혹시라도 대성좌 업적 못 깰 때를 대비해서, 보험은 있어야지.'

드래곤 놈들이 하도 토너먼트는 조작이다 이러고 다닌데다가.

성지한이 드래곤 로드의 아바타와 전투에서 보여 줬던 힘이 워낙 압도적이었기에.

대성좌들이 3번째 토너먼트에 참여할지는 아직 미지수였다.

만약 참여율이 저조해서 대성좌랑 못 붙게 되면, 드래곤 로드라도 잡아야지.

[드래곤 로드가 1억 GP를 후원했습니다.]
[좋다. 얼마든지 오라. 내가 지옥을 보여 주겠다.]

드래곤 로드는 그런 성지한의 말을 반겼다.

공정성이 의심되는 토너먼트가 아니라, 자신의 레어 안이면.

저 맹랑한 인간 놈을 제대로 족칠 수 있을 테니까.

이번에 대외적으로 체면을 상당히 구긴 그로서는, 제발 성지한이 와주길 바라고 있었다.

"좋아, 그럼, 나중에 네 레어에서 보자."

성지한은 그렇게 대답하곤, 메시지창을 치웠다.

그러자 전방에선, 그를 제외하고 양 진영 간의 대격전이 펼쳐지고 있었다.

"그럼 상황 정리되었으니, 레벨 업이나 해야겠네요."

무기를 꺼내 든 성지한은, 전장으로 뛰어들었다.

"뭐, 뭐야……."

"어? 저 플레이어……."

"서, 성지한이다!"

"아니 왜 저놈이 상대편에 있어?!"

"게임 바로 안 끝나서 없는 줄 알았는데……."

성지한이 돌진하자, 패닉 상태에 빠져든 적진.

챌린저 리그에서도 이미 독보적인 강함으로 유명해진 성지한은, 챌린저 플레이어들에게 가장 만나고 싶지 않은 적으로 꼽혔다.

그가 나타날 때면 게임이 5분 안에 종료되곤 했기에.

이번엔 꽤 오랜 시간 전투가 펼쳐져서, 성지한이 없는 줄 알았는데…….

"내가 좀 바빴거든."

창과 칼이 한 차례 궤적을 그리자, 상대 플레이어들은 비명조차 지르지 못하고 쓸려 나갔다.

그가 본격적으로 개입하고, 상황이 정리되기까지는 채 3분이 걸리지 않았다.

-역시 본게임은 금방이네…….

-?? 이건 본게임 아니지. 드래곤 로드 입 다물게 한
게 본게임이고 이건 보너스 게임임 ㅋㅋ

-ㄹㅇ 용족 놈들 조용하니 보기 좋네.

이제는 보너스 게임이 되어 버린 매칭 게임이 종료되
고.

시청자들이 클린해진 채팅창을 보면서 좋아하고 있을
즈음.

[……저건.]

방랑하는 무신은, 성지한이 꺼낸 물건을 보면서 눈빛을
번뜩이고 있었다.

* * *

투성에 위치한 무신의 신왕좌.

[피티아. 신안을 발동하라. 미래 예지를 하겠다.]

"네. 주인님."

성지한이 꺼내든 '버튼'을 본 무신은, 그 후 바로 피티
아를 불러 신안을 사용했다.

그러자.

지이이잉…….

피티아의 이마에 뜬 빛의 눈과.

무신이 띄운 빛의 눈이 서로 빛을 맞추더니.

둘 사이에서, 더 커다란 백색의 구체를 만들어 내었다.

[저 물건은, 대업의 변수가 되는가.]

녹색의 관리자, 이그드라실이 성지한의 말을 따르게 만든 '버튼'.

무신은 저걸 보자마자, 본능적으로 꺼림칙한 감정을 느꼈다.

아소카가 적색의 손을 봉인하면서, '패배한다'는 변수가 사라졌던 미래가.

왠지 저것 때문에 뒤흔들릴 것 같았으니까.

그리고.

번쩍! 번쩍!

무신의 말에, 여러 번 반짝이던 백색 구체는 예지를 시작했다.

지이이잉…….

수많은 화면이, 떠오르려 하자.

[질문을 바꾸지.]

무신은 변수를 좁히는 질문을 했다.

[무구의 힘을, 모두 사용해도 변수가 되는가.]

지이이잉…….

그러자, 떠올랐던 화면이 대부분 사라지고, 단 하나만 남았다.

화면 속에선.

무신과 싸우던 성지한이, 인벤토리에서 버튼을 꺼내 누르고 있었다.

그러자.

화르르르……!

순식간에 온몸이 백색 불꽃에 잠기더니, 거대한 거인으로 변하기 시작하는 성지한.

거인이 된 그가 손을 한 번 움켜쥐자, 투성이 그대로 폭발했다.

그러고는.

지지지직…….

새하얗게 점멸되더니, 사라지는 화면.

"이, 이건…… 적색의 관리자입니까……."

[그렇다. 이그드라실이 왜 그의 말을 따르나 했더니…… 버튼에 저런 효과를 지니고 있었나.]

성지한, 말도 안 되는 물건을 손에 넣었군.

손이 봉인되고 패배 가능성은 사라진 줄 알았는데, 갑자기 이게 무슨 날벼락이란 말인가.

무신의 두 눈빛이 번뜩이고 있을 때.

"……한데, 그가 예전에 본 것보다 더 강해진 것 같습니다."

피티아는 조금 전 장면을 떠올리며, 조심스레 말했다.

"예전의 거인 형상에서는, 비록 투성이 초토화되긴 했습니다만. 그가 투성 위에서 전투를 펼쳤는데……."

[그래. 이번에는 이 별을 손짓 한 번으로 파괴했지.]

"네⋯⋯."

[이 정도의 강함은, 필시 '상시 관리자'의 힘이다.]

"그, 그러면 버튼 한 번 눌렀다고, 바로 우주의 정점이 된단 말입니까?"

[그래, 참으로⋯⋯ 불공평하군.]

방랑하는 무신은 착 가라앉은 음성으로 대답했다.

자신은 지금 상시 관리자에 올라서려고 수만 번 회귀를 반복하면서, 힘을 있는 대로 끌어모으고 있는데.

저놈은 그저 버튼 한 번 누르면 상시 관리자가 된단 말인가?

[저 물건⋯⋯ 저대로 놔둘 수는 없다. 피티아. 바벨탑의 소환을 앞당겨야겠다.]

"저, 근신 처분이 아직 끝나지 않았습니다만⋯⋯."

[지금은 처벌을 두려워할 때가 아니다.]

성지한이 인벤토리에서 꺼낸 버튼은, 무신을 조급하게 만들었다.

"알겠습니다. 그러면 소환 장소는, 예정대로 우르크가 있던 곳으로 하면 되겠습니까?"

길가메시가 지배했던 도시, 우르크.

현재 이라크 땅에 위치한 이 지역은, 바벨탑이 소환되기에 가장 상성이 좋은 땅이었다.

하나.

[아니. 그가 살고 있는 장소로 해라.]

"아, 그럼 한국에…… 말입니까?"

[그래.]

"주인님, 그쪽에 소환하면 탑의 효율이 매우 떨어집니다만……."

현재 무신이 지구에 바벨탑을 소환하는 목적은, 크게 두 가지였다.

첫 번째는 탑으로 인류를 지배하여, 그들의 힘을 흡수하는 것이었고.

또 다른 목적은 성지한을 탑 쪽으로 유인해서 그를 투성으로 보내 버리는 것이었다.

한데 이걸 우르크가 있던 땅이 아니라, 한국에 소환한다면.

인류의 힘을 흡수하는 건, 거의 불가능하게 된다.

하지만.

[효율? 지금의 국면에서, 효율은 중요하지 않다.]

무신의 태도는 단호했다.

[지금은 탑을 통해 성지한을 투성으로 보내는 것이 먼저다. 그러기 위해선, 손해를 감수하겠다.]

피티아는 그 말에 눈을 크게 떴다.

무신의 입에서, 손해를 감수하겠단 말이 나오다니.

그가 이번 일에 얼마나 진심인지 알 수 있었다.

"알겠습니다. 그럼…… 바로 준비하겠습니다."

[그래. 그럼 길가메시를 통해 성지한에게 탑의 소환을 알려라. 그가 올 수 있도록.]

"네, 주인님."

피티아가 명을 받고 사라지자.

무신은 조금 전 장면을 다시금 떠올렸다.

'상시 관리자가 된 성지한······.'

그 모습은, 무신이 평생을 바쳐 염원하던 목표였다.

수만 번을 회귀하고, 힘을 차곡차곡 쌓아 가며.

언젠가는 도달할 거라고 굳게 믿던 이상향.

그걸, 저놈은 겨우 버튼 한 번 눌러서 될 수 있다니, 아무리 생각해도 어처구니가 없었다.

거기에 더 황당한 건.

'대체, 왜 저걸 안 누르고 있는 거지?'

이그드라실을 저걸로 뒤흔든 걸 보면, 아이템이 불러올 효과를 성지한도 어느 정도 아는 거 같은데.

왜 저 보물을, 인벤토리에 고이 보관만 하고 있는 건가.

아무리 생각해도, 그는 도저히 이해할 수가 없는 존재였다.

'······어쨌든, 그가 어리석어서 다행이군. 이번에 투성으로 불러와 끝을 내겠다.'

성지한의 마음이 변하기 전에 빨리 처리하겠다.

버튼을 본 무신이, 그렇게 조급함을 드러내고 있을 무렵.

[대성좌 '태양왕'이 방랑하는 무신이 있는 장소를 못 알아냈냐고 당신을 다그칩니다.]

[그가 토너먼트에서 살고 싶다면, 얼른 태양핵을 무신이 있는 곳에 놔두라고 합니다. 그러지 않는다면 어쩔 수 없이 토너먼트에서 당신의 팔을 가져가야 한다고 덧붙입니다.]

게임에서 로그아웃한 성지한은 태양왕에게 메시지를 받고 있었다.

성지한의 손을 가져갈 수 있는 토너먼트보다, 방랑하는 무신에게 더 관심을 집중하는 태양왕.

'드래곤 로드처럼, 자기가 토너먼트에서 질 거라고 생각은 안 하는 거 같은데 신기하네……'

무신의 행방보다는 적색의 손을 얻는 게 더 급선무 아닌가?

"왜 그렇게 무신에게 집착하지?"

성지한은 태양왕에게 이유를 물어보았지만.

[대성좌 '태양왕'이 몰라도 된다고 합니다.]

그에게서 순순히 대답이 나오진 않았다.

'흠. 그에게선 답을 못 들을 거 같으니, 태양왕 전문가에게 물어봐야겠군……'

직접 답을 들을 수 없다면, 다른 루트를 통해 추측해 봐야지.

성지한은 이에 대해 질문할 성좌를 떠올렸다.

* * *

[오, 머리야. 갑자기 무슨 일로 연락 준 거야? 아……
근데 이제 내 머리가 되긴, 너무 컸나? 그래도 머리는 내
머리니까 머리라고 부를래.]

태양왕에 대해 물어보기 위해, 죽은 별의 성좌 칼레인
에게 메시지를 보낸 성지한은.

'……여전히 정신없군.'

답문을 보고 미간을 찌푸렸다.

태양왕 건이 아니었다면, 굳이 접촉하지 않았을 텐데
말이지.

하나 그 말고는 성지한의 지인 중에, 태양왕에 대해 아
는 자가 없었다.

"태양왕에 관해 좀 물어보려고."

[태양왕? 그놈은 왜? 그러고 보니 너 걔 후원 성좌로
받았었지? 뭐라 하든? 아, 이번 토너먼트에서 싸우려나?
야, 잘됐다. 나랑 합체하는 게 어때? 태양왕은 그래도 상
대하기 힘들잖아.]

아니 이쪽에서 한마디 하면, 저기서 대체 몇 마디를 하
는 거야.

성지한은 주르륵 떠오르는 칼레인의 메시지를 보고는
메시지창을 꺼 버리고 싶어졌다.

'빨리 물어볼 거 물어보고 통신 종료해야겠군.'

그는 그리 생각하면서, 단도직입적으로 물었다.

"합체는 됐고, 태양왕 놈…… 왜 이렇게 무신에게 집착하냐?"

[태양왕이 무신에게 집착한다고?]

"그래. 방랑하는 무신의 머리가 드래곤 로드와 똑같다고 한 다음부터 무신이 있는 곳 좌표를 알려 달라고 하던데. 무신이 있는 곳을 알아내면, 토너먼트도 참가하지 않을 기세야."

[그가 적색의 손이 상품으로 있는 토너먼트에 참가를 안 한다니…… 무슨 소리 하는 거야 머리야? 그게 말이 돼?]

"메시지 보여 줄까?"

[어어어, 도저히 못 믿겠어.]

성지한은 자신의 말을 쉽게 믿지 못하는 칼레인에게 태양왕에게 받은 메시지를 보여 주었다.

[와 진짜네…… 근데 태양핵? 이건 뭐야?]

"인벤토리에서 꺼내서 밖에 놓으면 태양왕이 강림하는 물건 같던데."

[뭐? 진짜?. 나 주라!]

"안 돼, 이거 다른 데 써먹어야 하거든."

[헐. 우리의 관계가 그거밖에 안 됐어?]

"네가 뭘 생각하든, 우리 사이는 그 이하다."

[쳇…… 그래. 막상 나도 지금 태양왕 소환해 봤자, 그에게 먼지가 될 테니까. 내 머리를 위해서 특별히 참아 줄게.]

태양왕을 죽이겠다며 그를 오랫동안 추적하던 칼레인이었지만, 그래도 막상 정면 승부는 힘든가 보군.

성지한이 생각보다 쉽게 태양핵을 포기하는 칼레인을 보며 그리 생각할 때.

[무신과 태양왕…… 머리가 드래곤 로드랑 똑같은 걸 알고 나서 무신을 찾으려 했다라…… 음. 잠시만. 잠가둔 기억 하나만 열람하고 온다.]

"잠가 뭐?"

[어. 기억을 다 해방하면, 태양왕에게 복종하게 되거든. 노예의 각인에 빛이 들어와서 말이지.]

칼레인은 그리 말하며 한동안 메시지를 보내지 않았다.

'노예의 각인이라…….'

성지한은 칼레인이 예전에 보여 주었던 각인을 떠올렸다.

원래의 해골 머리가 아니라, 반신족의 형태일 때.

눈 밑에서 턱까지 쓰여 있던 글자들.

[이것은 태양왕의 물건.]
[그분만이 소유할 수 있다.]

[탐하는 자, 삼족을 멸하리.]

낙인은 그저 흔적인 줄만 알았는데.

기억을 열람하면, 거기에 빛이 들어오는 건가.

'8레벨 성좌가 된 칼레인도 저럴 정도면, 태양왕의 힘이 생각보다 강하네.'

같은 대성좌인 드래곤 로드는 스탯 적에 완전히 카운터 당해서, 그가 대성좌 본연의 힘으로 덤벼도 할 만한 것 같은데.

태양왕은 아직 제대로 붙어 본 적이 없어서 그런지, 평가를 내리기가 애매했다.

'관리자의 애완동물보다는 제자가 더 세려나.'

성지한이 그렇게 두 대성좌를 비교해 보고 있을 때.

[야, 대박. 나 봤었어. 그 머리!]

기억을 읽은 건지, 칼레인에게서 메시지가 도착했다.

* * *

"어디서 봤어? 머리."

[흐흐, 맨입으로 알려 주긴 너무 큰 건인데 이거? 이 기억 찾느라 봉인된 낙인 20퍼센트가 지금 반짝반짝 빛나고 있다고~]

"……뭘 원하는데."

그냥 알려 줄 리가 없나.

성지한은 칼레인의 메시지에 미간을 찌푸리면서 반문했다.

또 머리 하라고 그러려나.

하지만.

[나한테도 투성 위치 알게 되면 알려 줘.]

"투성을?"

막상 그가 원하는 건, 성지한 입장에선 별로 큰 게 아니었다.

[어, 태양왕이 만약 거길 쳐들어가면, 그 뒤를 노리려고.]

"거기 괴물들 많이 산다."

[히히, 머리 나 걱정해 주는 거야? 괜찮아. 나 언데드잖아. 뒤져도 죽질 않는다고.]

"하긴 그건 그렇군. 위치 알게 되면 바로 알려 주지."

성지한이 선선히 제안을 수락하자.

칼레인은 본격적으로 말을 꺼냈다.

[좋아. 그럼 내가 기억 속에서 뭘 봤냐면…… 무신이 드래곤 로드의, 뱀 머리를 지녔다고 했잖아?]

"어."

[그거, 나 봤어. 내가 태양왕의 노예 시절, 그의 조수로 일할 때. 그 드래곤 로드의 육체를 키웠거든.]

"드래곤 로드의 육체를 키웠다고?"

[그래. 태양왕이 어디서 구했는지 드래곤 로드의 신체

조직 일부를 떼다가, 그걸로 드래곤 로드 육체 만들어 내라고 하더라고.]

"……신체 일부로 그게 가능하냐?"

[원래는 불가능하지~ 하지만 내가 누구냐? 수많은 실패 끝에…… 육체 전반은 다 구현하지 못했지만, 핵심인 용의 머리는 구현해 냈지.]

이놈들, 뭔 실험을 하고 다닌 거야.

성지한은 황당하다는 눈으로 칼레인의 메시지를 보았지만.

[그리고 태양왕은 그 만들어진 머리를 가지고, 자기 아들한테 머리를 이식했어.]

"……뭐? 아들?"

그 후 이어진 메시지에는, 두 눈을 크게 떴다.

이건 전혀 생각지도 못했는데.

"무신이 태양왕의 아들이라고??"

[뭐, 아들이라고 해도 태양왕에게는 그냥 갈아탈 파츠에 불과하지만.]

"갈아탈 파츠라니……."

[태양왕은 자기 아들한테 계속 몸을 갈아타면서 강해졌거든.]

아들 몸을 태양왕 자신이 차지한다는 건가?

[내 기억에선, 드래곤 로드의 머리 이식이 실패했어. 머리를 심긴 심었는데 17777번째 아들이 죽어 버렸지.

그래서 얘, 폐기처분 됐거든?]

"……뭐냐 그 숫자는."

[17777? 넘버링에 7이 4번이나 들어가서 기억이 생생했지.]

"아니, 애초에 아들 숫자가 뭐 그리 많아?"

[태양왕은 아들 중 하나로 몸을 갈아탔다고 했잖아? 가장 성능 좋은 육체로 갈아타려면 자식을 많이 봐야 하지 않겠어? 그래서 각양각색의 종족에게서 자식을 보려고 별짓 다 했어.]

하여간 배틀넷 세계에는 정상이 별로 없군그래.

성지한이 태양왕의 행각에 조금 질려 있을 즈음.

[어쨌든, 17777번째 아들이 죽을 때 태양왕이 '이렇게 강력한 육체를 버려야 하다니 아쉽다'고 몇 번이나 말했어…… 근데 그놈이 살아서 무신이 되었나 봐?]

"한데 그놈이 진짜 무신일까? 나중에도 드래곤 로드 머리 또 심었을 수 있잖아?"

[글쎄다? 그때 뱀 머리 구현한 것도 겨우겨우 성공한 거라…… 그리고 내가 나중에 노예 각인 약해졌을 때, 세뇌 풀고 실험실 폭발시켜 버렸거든. 그때 드래곤 로드 세포 조직도 같이 사라졌을걸? 낄낄낄.]

노예 생활 마지막에 뒤통수를 세게 갈겼군.

성지한은 즐거워하는 칼레인의 메시지를 보다가 반문했다.

"그럼 태양왕이 무신을 찾는 이유도, 설마 몸을 갈아타
려고 그런 거냐?"

[어…… 아마도 그렇지 않을까?]

"한데 무신도 상당히 강력한데, 태양왕이 간다고 될
까?"

[글쎄. 태양왕 입장에선, 가능성 있다고 보는 거겠지?
그는 자기 아들들한테는 내 노예 낙인보다도 훨씬 강력
한 금제를 걸어 놓으니까. 관리자가 아닌 이상에야 그 금
제에 벗어나긴 힘들 거 같은데.]

"흠……."

성지한은 곰곰이 생각에 잠겼다.

태양왕이 왜 그렇게 무신을 찾으려고 혈안인지는, 칼레
인 덕에 대강 알겠는데.

그래도 풀리지 않는 의문은 있었다.

"그래도 무신의 육체로 갈아타는 게, 적색의 관리자 손
보다 중요한가? 토너먼트까지 포기하려 들다니. 쉽게 이
해가 가지 않네."

[음…… 태양왕이 17777번째 아들 죽었을 때 아주 아
까워하긴 했어. 근데 손보다 중요한 뭔가가 있는지는 나
도 모르겠다.]

"그래……."

이럼 무신을 견제하기 위해, 태양핵을 투성에 던져 놨
다가.

태양왕의 의도대로 일이 풀려서, 그와 무신이 결합된 괴물이 탄생하는 거 아닌가?

'무신도 바보가 아니니 대비를 했겠다만.'

그 신중한 작자가 태양왕 리스크에 대해 손 놓고 있진 않았겠지.

거기에 무신에겐 동방삭이라는 칼이 있으니, 태양왕 상대론 아마 동방삭을 보낼 거다.

'그래도 변수가 많으니, 투성에 태양핵 투하는 상황을 봐가면서 해야겠네.'

성지한이 그렇게 태양핵의 사용 여부에 대해 하나하나 따져 보고 있을 때.

칼레인이 작별 인사를 보냈다.

[그럼 난 일단 20퍼센트의 낙인 다시 봉인하러 간다. 나중에 투성 위치 알게 되면 알려 줘~]

"아, 근데 거기의 좌표 보는 법 아나?"

[행성 좌표? BPS 쓰면 나올걸?]

"BPS는 뭐야. GPS 같은 거냐?"

[GPS? 그게 뭔데? 아, 근데 투성은 일반 BPS로는 못 찾겠다. 무신이 위치를 은닉하려 들 테니. 음…… 좋아. 내가 아이템 준비해 볼게.]

"그래."

성지한은 그렇게 칼레인과의 통신을 끝냈다.

'이번 통신…… 나한텐 일방적으로 얻어가는 거래였군.'

태양왕과 무신의 관계에 대한 정보도 받고, 투성의 좌표 파악하는 아이템까지 받기로 했으니까.

물론, 칼레인이 알려 준 정보처럼 무신이 태양왕의 17777번째 아들인지는 아직 확실하지 않았지만.

태양왕이 무신에게 그토록 관심을 보이며 추격하는 이유를 알 수 있었다.

'그런데 막상 투성의 위치는…… 어떻게 알지?'

알려 주겠다고 이야기는 해 놓았다만.

막상 성지한 자신도, 어떻게 가야 하는지는 알지 못했다.

길가메시는 이미 저쪽에 잡혀 버렸으니 알려 줄 리가 없고.

'아소카에게 연락이라도 닿으면 좀 알려 달라고 할 텐데…… 그와는 소통창구가 없군.'

일단은, 저쪽에서 근신이 풀리기 전까진 상황을 좀 봐야 하나.

성지한이 그렇게 생각하며, 그간 얻은 정보를 정리했다.

* * *

한편, 투성에서는.

"주인님, 준비가 다 끝났습니다."

[그래.]

바벨탑을 지구로 소환할 준비가 끝나 가고 있었다.

[길가메시, 성지한에게 연락하라. 이제 곧 탑이 소환될 거라고.]

"……알았다."

이미 다 들켜서, 이제는 대놓고 핸드폰을 꺼내는 길가메시.

그가 메시지를 작성하는 걸 보면서, 무신의 두 눈이 붉은빛을 내뿜었다.

'다시는 모험을 하지 않으려 했건만…….'

시스템의 근신 처분을 무시하고, 지구에 바벨탑을 소환한다.

이것은 무신에게, 크나큰 모험 수였다.

이렇게 리스크를 지고 감행하는 도박은, 무한회귀에 들어가면서, 다신 하지 않으리라고 마음먹었건만.

변수가 될 거라곤 전혀 생각하지 못했던, 하찮은 인간 한 놈 때문에 일이 여기까지 와 버렸다.

'……그럼에도 나는 이번에도, 성공할 것이다.'

무신의 눈이 위를 향했다.

성좌의 무구가 별처럼 떠올라 있는 투성의 하늘을 넘어.

저 멀리에, 찬란히 빛을 발하고 있는 태양이 보였다.

'그래…… 저기서 벗어났던 때처럼.'

태양을 지켜보던 그는 어느덧 먼 옛날.

자신이 '생성'되었을 때를 떠올리고 있었다.

* * *

태양왕의 연구소.

"정말로 성공했다고?"

"네, 17777번째에 이식한 용의 머리, 성공적으로 안착
했습니다!"

무신이 태양왕의 17777번째 아들로서 만들어졌을 때.

그는 자아를 의식한 그 순간부터, 언어를 바로 이해할
수 있었다.

'여긴……'

꿈틀.

그는 눈을 떴다.

그리고 그가 시험관의 안에서 가장 먼저 본 것은.

초췌한 얼굴의 백발 남성이었다.

"생체 신호, 양호합니다. 드래곤 로드의 머리와 반발
작용도 전혀 일어나지 않습니다. 이 육신은 완벽하게 이
식된 머리를 받아들였습니다!"

호들갑을 떨면서, 자신을 향해 손가락질하는 백발 남
성.

그리고.

스으으윽…….

그런 남자의 몸 뒤에, 커다란 거인이 얼굴을 들이밀었다.

얼굴 곳곳에 붉은 눈동자가 띄워져 있는, 그로테스크한 형상의 거인은.

입가에 가득 미소를 짓고 있었다.

"잘 버텨 주었구나, 아들아."

부드럽고, 상냥한 음성.

갓 태어난 이에게, 이는 아버지의 정을 흠뻑 느끼게 해 주는 소리였다.

하지만, 그다음 나온 말의 내용은 목소리의 톤과는 정 반대였다.

"너의 육신은 태양왕의 이름을 잇고, 이를 더 찬란히 밝힐 것이다. 내 기꺼이 너의 몸에 들어가겠으니, 태어난 것을 감사히 알라."

"아아, 주인님께서 아드님을 바로 선택하시다니…… 이는 전례가 없는 일! 17777번 째여, 영광으로 아십시오!"

거인의 말에 호들갑을 떠는 백발 남성.

그러면서도, 금방 뚝 멈추더니.

입꼬리에 음산한 미소를 지었다.

"뭐, 하지만 여기서 무슨 말을 하는지 못 알아들을 테 니 소용없겠군요."

"알면 가만히 있겠나. 지금의 육신도 원래는 살기 위 해, 꽤 반항을 했었지."

"14722번째 아드님께 정착하는 데 걸린 시간과 노고가 아쉽습니다만……."

"아쉬워할 필요 없다. 저 육체를 차지하면 더 이상 갈아탈 필요가 없어지니까."

거인과 백발 남성의 대화.

갓 태어난 이에게는, 이게 무슨 뜻을 지니고 있는지 전혀 판단이 안 될 내용이었지만.

'나, 죽는다?'

드래곤 로드의 머리를 이식받았기 때문일까.

17777번째의 아들은 그들의 말을 어렴풋이 이해했다.

'…….'

하나 태어난 지 얼마 되지 않은 그였기에.

저들의 말을 이해한다 한들, 할 수 있는 건 없었다.

그저 시험관의 안에서 가만히 눈앞의 상대를 볼 뿐.

"그럼, 낙인부터 각인시키겠다."

하지만.

태양왕의 말이 끝나자마자.

치이이익……!

신체의 중심부.

가슴쪽이 타오르며, 글자가 새겨지기 시작했다.

가장 먼저 새겨진 것은, 17777이라는 숫자.

"흠, 지금 들어가기엔 몸 크기가 너무 작군. 성장촉진제를 투여하라."

"네, 주인님."

그 말이 끝나기가 무섭게.

부르르르…….

시험관 내의 액체가 끓어오르기 시작했다.

그러더니.

콰직. 콰직!

여기저기 부풀어 오르며 터지는 17777번의 신체.

시험관의 유리 너머에선.

뱀의 머리를 한 거인의 몸에 눈동자가 생기려다, 사라지고 있었다.

"신체에 눈동자가 안 생기는군…… 적색의 눈동자가 로드의 머리와 충돌하는가."

"예, 아마도 그런 것 같습니다."

"성장 시간에 여유를 두어야겠군. 일주일의 시간을 주겠다. 눈동자를 발현하도록."

"알겠습니다!"

스으윽.

흡족하게 17777번째를 바라보던 태양왕은 머리를 돌렸다.

태어나자마자 자신으로 몸을 갈아타려는 아비가 떠나고.

"용대가리야. 우리 커져 볼까?"

백발의 남성이 입가에 미소를 지은 채, 무언가를 조작하자.

그러자.

부글부글…….

시험관 내의 액체가, 일제히 끓어오르기 시작했다.

* * *

4일 후.

"아, 이거 참. 눈동자가 생기려고 하면 허물을 벗네. 진짜 이 용대가리. 성가셔."

백발의 남성은 17777번째 아들을 보며 미간을 찌푸렸다.

주인인 태양왕은 눈동자가 생길 때까지 성장촉진제를 투여하라고 했는데.

몸도 크고, 용 머리도 상당히 성장해 커다란 시험관이 어느새 좁아 보일 지경이었지만.

정작 중요한 눈동자는 아직도 발현되질 않았다.

"이랬다간 또 끔찍한 벌을 내리실 텐데…… 아, 어떻게 하지?"

남자가 이 용대가리를 어찌해야 하나 고민에 빠질 즈음.

'더 이상은, 눈의 발현을 막을 수 없다.'

시험관 내의 17777번째 아들은, 이제 한계에 도달했음을 깨닫고 있었다.

이미 육체 전반에는, 태양왕의 낙인이 깡그리 다 새겨진 상황.

적색의 눈동자만 발현되면, 이 신체는 곧바로 그에게 넘어간다.

'차라리 몰랐으면 나았을까.'

태양왕이 그토록 탐내던, 로드의 머리.

그것이 자신에게 어떻게 작용했는지는 모르지만.

17777번째는 태어난 지 4일 만에 언어의 이해는 물론, 자신이 처한 현 상황도 모두 다 파악하고 있었다.

차라리 자아가 형성되기 전, 아무것도 모르는 상태에서 태양왕이 육체를 차지했다면.

억울한 줄도 모르고 몸을 넘겼을 텐데.

'……산다, 어떻게든 살겠다.'

태어나자마자 죽을 순 없다.

17777번째는 살겠다는 일념으로, 실험실이 돌아가는 상황 모든 것에 집중했다.

그리고.

하나의 가능성을 발견했다.

"쯧, 허물이나 또 치워야겠네."

슈우우우…….

시험관의 윗부분이 소용돌이치더니, 거대한 허물이 그리로 빨려 들어갔다.

뱀의 머리에, 거인의 몸뚱어리를 벗겨 냈던 껍질은.

그대로 실험실 바닥으로 튀어나왔다.

"어디 보자……."

백발의 남성은 바닥에 쭈그려 앉아, 이를 살펴보더니.

"역시 별거 없네. 소각장으로 가라."

틱!

손가락을 튕기자, 허물이 반짝하며 사라졌다.

'허물은, 이곳을 빠져나간다……'

17777번째 자체야, 태양왕이 지대한 관심을 보이는 육체이니만큼 무슨 일이 있어도 여기서 나갈 수 없었지만.

허물은 달랐다.

처음에는 연구 가치가 있나 해서 살피던 백발 남성도, 여러 차례 분석을 한 후에는 이게 쓸모없다고 판정을 지었는지.

저렇게 잠깐 살펴보고는, 죄다 소각장으로 보내고 있었다.

'허물을 통해 탈출하는 게 유일한 방법.'

빠져나갈 루트는 생각했으니, 이제 이걸 어떻게 수행해야 하는지 연구해야 했지만.

이는 태어난 지 얼마 되지 않은 그에겐, 너무나도 버거운 일이었다.

그렇게 시간은 순식간에 흘러가고.

"눈동자, 3개밖에 생기지 않았나."

눈동자도 결국 신체에서, 3개가 나타나게 되었다.

"죄, 죄송합니다……!"

"이래선 들어갈 수 없겠군."

하나 태양왕의 기준에는 차지 않은 건지.

그는 눈동자가 3개밖에 생기지 않은 17777번째를 보며 일을 연기했다.

대신.

"대체 일을 어떻게 한 거지? 처벌이 필요하구나."

태양왕이 백발 남성을 바라보자.

화르르르륵!

그의 몸뚱어리가 일제히 불타올랐다.

"으, 으으…… 주, 주인님……! 죄송, 죄송합니다……!"

타오르고, 재생하고를 반복하는 백발 남성의 몸뚱어리.

고통이 상당한지, 그는 절규하면서 태양왕에게 계속 죄송하단 말을 반복했지만.

"이번 처벌은 하루지만, 다음에도 일이 진척되지 않으면 이틀간 태우겠다."

스으윽.

그러면서 사라지는 태양왕.

17777번째는, 시험관 너머에서.

백발의 남성이 타오르다 재생하는 광경을 하루동안 지켜보았다.

"차, 차라리 타올라 죽어 버리지…… 왜 다시 재생해서는……! 크. 크으윽……!"

유리를 뚫고, 한참 동안 들려오던 남자의 절규.

17777번째는 이를 가만히 지켜보다가, 분능적으로 시선을 돌렸다.

한 생명체가 타올랐다가 재생되는 광경을 계속 지켜보는 건.

그다지 즐거운 일이 아니었으니까.

한데.

"너…… 눈동자를, 옆으로 움직였어…… 이 꼴을 안 보려고?"

불구덩이 속에서, 절규하던 백발 남성은.

시선을 돌린 17777번째를 보면서 믿기지 않는 듯 말했다.

"의식은, 분명 없을 텐데…….."

불구덩이 속에서, 번뜩이는 남자의 눈빛.

"……주인님께서 들어갈 육신이니, 험한 짓은 안 하려 했는데. 이러면 이야기가 달라지잖아?"

그는 온몸이 타오르는 와중에서도 섬뜩한 웃음을 짓고 있었다.

"용대가리야. 우리…… 제대로 실험해 보자."

단 한 번의 시선처리 실패로 인해.

그의 지옥은. 그때부터 본격적으로 시작되었다.

* * *

"주인님, 메시지를 보냈습니다."

피티아의 말에, 무신은 회상에서 깨어났다.

'백발의 실험자. 그는…… 죽었겠지.'

자신의 실험을 도맡아 했던 백발의 남성.

그의 종족도 범상치는 않아 보였지만, 워낙 옛날 일이었으니.

지금까지 살아 있진 않을 것이다.

'살아 있었으면 그가 나한테 한 실험을 그대로 돌려주었을 텐데.'

아니, 그대로가 뭔가.

백배 천배는 더 고문했겠지.

무신은 실험관 내에서 당했던 일들을 잠시 떠올리다가.

"그럼 이제 바벨탑…… 보내도 되겠습니까?"

[그래.]

시선을 피티아에게로 돌렸다.

지금은 이 일에 집중해야겠지.

백발의 실험자야, 관리자가 되면 되살려서 그대로 해주면 되니까.

[그럼, 내가 문을 열겠다.]

스으으윽.

어둠에 물든 무신이 손을 뻗자.

번쩍……!

공간이 찢어지며, 그 안에서 지상의 풍경이 나타났다.

[가라. 탑을 매개로 하여, 그를 이리로 데리고 와라.]

"주인님의 명에 따르겠습니다."

스스스…….

서서히 사라져 가는, 피티아와 황금의 탑.

무신이 이 모습을 물끄러미 지켜보고 있을 때.

저벅. 저벅.

그의 뒤편에서, 동방삭이 다가왔다.

"무신이시여, 한데…… 저도 따라가는 게 낫지 않겠습니까?"

[아니, 그랬다가는 그가 저기서 스위치를 누를 수도 있다. 유인은 내가 할 테니, 너는 여기서 구궁팔괘도를 준비하라.]

"알겠습니다."

스위치 무력화에 과연 구궁팔괘도가 효과가 있을지는 장담할 수 없었지만, 그래도 시도는 해 볼 법했다.

무신의 명에, 동방삭은 고개를 숙이며 물러나자.

'기나길었던 이번 회차…… 끝을 내겠다. 그리고.'

무신은 지상을 바라보며 생각했다.

'그리고 다음 회차에선, 성지한부터 죽인다.'

변수 하나가 대체 일을 어디까지 꼬아 버렸나.

무신은 이런 일이 다시는 없도록, 모든 회귀의 순간마다 성지한부터 처형하기로 다시 한번 결심했다.

* * *

한편.

'어차피 고민해 봤자 투성 위치 알 수도 없고…… 수련 이나 갈까.'

오늘의 게임도 순식간에 끝낸 성지한은, 여느 때처럼 공허의 수련장을 찾으려 했다.

어차피 투성의 근신 처분 끝나기까진 아직 여유가 좀 있고 하니.

남은 기간 동안, 레벨 업과 수련을 병행하면서 힘을 더 업그레이드하려 한 것이다.

그때.

부르르르…….

그의 핸드폰이 진동했다.

[성지한, 무신이 근신 기간이 끝나기 전에 행동을 개시 하려 한다.]

무신 쪽에 잡혔을 것으로 의심되는 길가메시의 메시지 였다.

'근신을 어긴다고? 무신이?'

성지한은 즉시 답을 보냈다.

[무신이 시스템의 근신을 무시하다니…… 그게 사실이 냐?]

[그래. 무신이 네가 저번에 꺼낸 아이템을 보고 크게 자극을 받았다. 당장이라도 처리하겠다며, 당장 바벨탑 소환을 명했다.]

꺼낸 아이템이라면, 세계수 점화 장치를 말하는 건가.

'신기하군. 이그드라실도 등급만 알 뿐, 아이템 설명을 보여 주기 전까진 그게 뭔지 파악하질 못했는데.'

그 신중한 무신이 시스템의 근신 처벌을 무시할 정도면.

세계수 점화 장치가 어디다 쓰는 아이템인지, 파악하고 있단 뜻이다.

'길가메시에게 이렇게 메시지를 보내라 한 건, 대놓고 바벨탑으로 오라는 거겠군.'

저쪽에서 근신을 어기면서까지 탑을 소환한 거면.

분명히 적든 크든 페널티를 받긴 할 텐데, 시간 좀 끌다가 바벨탑을 막는 게 낫나.

'일단 어디에 소환되는지를 알아야겠네.'

만약에 저번 실험실처럼 바다 한가운데 생성되기라도 하면, 상대적으로 급하게 대응할 필요는 없으니까.

성지한은 그리 생각하며 메시지를 보냈다.

[그래서 바벨탑 어디 소환되는데? 중동이냐?]

[아니, 너희 집 근처다.]

[……뭐?]

성지한이 그 메시지에 잠시 당황했을 때.

덜컥!

성지한의 방문이 열렸다.

"사, 삼촌. 있었구나! 큰일이야!"

"무슨 일인데?"

"서, 선릉에…… 이상한 게 생겨나고 있대!"

설마 바벨탑의 소환 장소가 선릉 쪽인가?

'……진짜 빠르네.'

신중하던 무신이 막상 다급히 행동을 개시하니, 일이 초고속으로 진행되고 있었다.

"내가 가 볼 테니, 사람들은 일단 다 대피하라고 해."

"아, 알았어……!"

성지한은 핸드폰을 들고는 바로 집을 나섰다.

* * *

강남의 선릉.

조선의 왕 성종과 그의 계비가 함께 잠든 이 왕릉 위, 하늘에서.

치이이익……!

"어?"

"뭐, 뭐야. 저거……."

공간이 갈라지더니, 그 틈새로 황금의 빛이 내리쬐기 시작했다.

직장인이 많이 모여 있는 선릉 부근.

점심시간을 맞아, 식사를 끝내고 주변을 산책하던 직장인들은 갑작스레 생긴 변고에 깜짝 놀라면서도.

"와, 신기하네 저거……."

"뭐 해? 도망치지 않고?"

"별로 안 위험해 보이는데? 가기 전에 사진 좀 찍자."

몇몇은 핸드폰을 들어서 이 광경을 찍기 시작했다.

황금빛이 땅에 닿고, 그것이 서서히 거대한 탑의 형상을 만들어 낼 때만 해도.

사실 이게 주변에 피해를 끼치는 건 없었으니까.

다만.

탑이 바닥부터, 서서히 실체화되기 시작하자 상황은 달라졌다.

"야, 씨. 너 아직도 찍냐? 뭐 해, 빨리 들어가야지!"

"……어딜 가?"

"뭔 소리야?"

"왕께서 지상으로 내려오셨는데 경배할 준비를 해야지!"

그러면서, 갑자기 땅바닥에 무릎을 꿇더니 탑을 향해 절을 하는 직장인.

"미쳤냐, 너?"

뒤쪽을 바라보고 있던 동료 직장인은 그가 헛소리를 하는 걸 보고 놀라 고개를 돌렸다가.

"아…… 맞네…… 경배해야지……."

황금의 탑을 보고는, 자신도 그의 옆에 무릎을 꿇었다.

이렇게 빛무리가 내리쬘 때만 해도 신기해하며 시잔을 찍던 사람들은.

탑이 실체화되기 시작하자, 하나둘씩 눈에 초점이 풀리며 왕에게 복종했다.

그렇게 하나둘씩 사람들이 땅바닥에 머리를 조아릴 즈음.

"······난리도 아니네."

성지한이 도착했다.

하늘 위에 둥둥 떠올라 있는 그는, 오자마자 바로 주변 상황을 살폈다.

'선릉의 안쪽뿐만 아니라, 울타리 밖에서도 절하는 사람이 생기기 시작했군······.'

선릉의 안쪽을 산책하던 사람들은 이미 탑에 고개를 조아리고 있고.

울타리 밖에서도, 탑이 보이는 근처 사람들부터 절을 하기 시작했다.

이러다 황금의 탑이 점점 더 형체를 갖춰 나가며 높아지면.

선릉 주변뿐만 아니라, 강남 일대의 사람들이 죄다 여길 보고 복종할 기세였다.

'빨리 막아야겠네.'

성지한은 형체를 만들어 나가는 바벨탑을 유심히 지켜보다가.

휙!

힘이 가장 진하게 느껴지는, 지상으로 착지했다.

그러자.

"오랜만이네요~"

탑의 1층에는, 피티아와.

"왔나……."

탑 벽에 머리만 덜렁 붙은 채, 완전히 늙어 버린 길가메시가 그를 맞이했다.

* * *

-저거 누구임?

-설마 길가메시…….

-왜 이렇게 늙었어 ㅋㅋㅋ

-나이 드니 대머리였네 __; 저놈이 인류에게 탈모 유전자 뿌린 건가.

스타 버프를 받기 위해, 배틀튜브를 켜 두었던 성지한.

시청자들은 피티아와 길가메시 중, 처절하게 변해 버린 길가메시 쪽에 관심을 집중했다.

"늙었군, 길가메시."

"네놈이 그 사실을 발설하지 않았으면, 이렇게 되지 않았을 거다."

"그 사실? 아, 드래곤 로드의 머리랑 무신의 것이 같다는 거 말하는 건가."

"그래! 네가 그걸 대놓고 말하는 바람에, 바로 발각되었어!"

"음…… 미안. 그래도 젊은 상태로 오래 살았잖아. 늙은 것도 나름 의미있지 않아?"

"뭐……! 그걸 말이라고 하나?"

성지한의 말에 버럭하는 길가메시.

하나 노인이 되어서 그런가.

그의 소리에는 힘이 없었다.

-사과에 진정성이 1도 느껴지지 않네 ㅋㅋㅋㅋ

-ㄹㅇㅋㅋ

-근데 길가메시한테 잘해 줄 필요 있긴 함?

-없지 ㅇㅇ;

-근데 주변 사람들은 저 대머리 보고 왕이라고 절하고 있냐.

-그러게 성지한을 직접 근처에서 보는데도 탑에 정신 팔렸네 ㄷㄷ

한편.

시청자들은 탑의 주변에서, 이쪽을 향해 고개를 조아리는 사람들을 발견하고는 깜짝 놀랐다.

외부 활동이 극도로 적은 성지한을 지근거리에서 봤음에도, 이쪽엔 눈길 하나도 안 주고 오로지 탑을 향해서만 경배하는 시민들.

다들 눈이 풀린 게, 자의식이 사라진 것 같았다.

'지배 코드의 힘을 탑이 증폭시키고 있군.'

성지한은 바벨탑이 지닌 힘을 일견 파악한 후.

두 무기를 꺼냈다.

"왕의 행사을 방해하지 말지어다……!"

그러자.

고개를 조아리고 있던 사람들이 벌떡 일어나, 성지한을 만류하려 들었지만.

"가만히 있어요들."

그가 뒤도 돌아보지 않고 그리 말하자.

뚝.

사람들의 움직임이 모두 멈춰 버렸다.

일반인이, 무혼의 공간 장악력을 이겨 낼 수는 없는 노릇.

그렇게 절하다가 일어나려는 사람들이 모조리 움직임을 멈추자.

옆에서 이를 보던 피티아가 가볍게 탄성을 내질렀다.

"와, 볼 때마다 강해지네요 당신은. 뭐 바벨탑 소환해도 할 수 있는 게 없겠어요."

"글쎄. 바벨탑으로 뭘 하려고 했다면, 이걸 선릉에 소환하질 않았겠지."

스으으윽.

성지한은 암검의 끝을 겨누며, 말을 이었다.

"굳이 소환 장소를 여기로 고른 건, 날 유인하기 위해서가 아니냐?"

"어머, 벌써 들켰나요?"

"애초에 탑으로 뭘 하려고 했으면, 서울과 가장 먼 곳에서 탑을 소환했겠지."

"맞아요."

피티아는 선선히 고개를 끄덕였다.

"중요한 건 대업의 변수가 될 당신을 처단하는 것……인류 지배 따위야, 언제든지 할 수 있죠. 저희가 우선시해야 할 일은, 성지한. 당신을 처단하는 것입니다."

-성지한〉〉〉인류인 거야?

-우리 취급 왜 이럼…….

-?? 맞는 말 아냐?

-ㄹㅇ 인류야 그냥 바벨탑 쭉쭉 올라가면 죄다 세뇌될 거 같은데? ㅋㅋㅋㅋ

피티아의 말을, 대부분 수긍하는 인류 시청자들.

성지한은 피티아의 말을 듣곤 피식 웃었다.

"내 처단이 우선이라…… 근데 그게 너희 둘로 되겠어?"

"하, 당연하다. 바벨탑만 있으면……!"

그 물음에 길가메시가 발끈하며 대꾸했지만.

"아뇨. 안 되죠."

피티아는 단호하게 불가능하다고 대답했다.

스으윽…….

그러면서, 서서히 손을 길가메시에게로 향하는 그녀.

"하지만 시간은 끌 수 있겠죠."

"너. 뭐, 뭐 하려고 내 머리를 만지는 거냐……!"

"뭐 하긴. 쓸모없는 널 어떻게든 써먹으려고 하는 거지."

콰직…….

피티아의 손이 길가메시의 머리를 누르고.

"그. 그만……!"

"터져도 어차피 나중에 재생하잖아? 우는 소리 하지마."

펑!

길가메시의 머리가 터져 나가자.

거기서, 핏빛 사슬이 성지한을 향해 뻗어 오기 시작했다.

'이거, 천수강신인가…….'

멸신결의 마지막 무공이었던 천수강신.

생명의 기운을 흡수하는 붉은 사슬은, 성지한도 한동안은 잘 써먹던 권능이었다.

근래에야 적의 힘이 워낙 강해져서 별로 사용할 일이

없었지만.

'사슬과 탑까지 통째로 베어야겠군.'

성지한의 암검에서 보랏빛 공허의 기운이 피어오르고.

혼원신공混元神功

삼재무극三才武極

횡소천군橫掃千軍

검을 횡으로 베자.

사슬과 탑이 통째로 썰려 나갔다.

−일검에 썰리네.

−이걸 선릉에서 보게 될 줄이야…….

−무덤도 같이 썰리는 각?

−아니 자세히 보니까 바벨탑이랑 사슬만 베이고, 뒤엔
다 멀쩡한데?;

−와…… 검기로 정밀타격이 원래 가능해? 타깃만 싹
베네

−그게 가능하겠음……? 성지한이니까 컨트롤 되는 거
지;

−아, 선릉 베였으면 바로 관광 명소 되는 건데 ㅋㅋㅋㅋ

바벨탑과 사슬만 정교하게 베어 버리는, 횡소천군.

시청자들이 멀쩡한 선릉의 풍경을 보고는 약간 아쉬워하고 있을 때.

"길가메시, 힘 제대로 안 써? 늙은 채로 평생 살래?"

피티아는 그리 말하며 바벨탑을 발로 뻥 찼다.

그러자.

[공허의 힘이 들어가 있는 검격이다…… 그렇게 쉽게 재생이 가능한 줄 아느냐!]

탑 안에서 길가메시의 목소리가 들리며.

"말할 시간에 빨리 해."

[이놈이랑은, 정면 승부를 해서는 안 된다. 인질을 잡아야지……!]

스스스스…….

황금의 탑에서 핏빛 사슬이 사방을 향해 뻗어가기 시작했다.

이번에 사슬이 노리는 타깃은, 바로 성지한의 무혼에 의해 꼼짝도 하지 못하고 있는 사람들.

성지한에게 단칼에 베이고 난 후, 그랑 정면에서 맞붙는 건 답이 안 나온다고 보았는지.

길가메시의 사슬은 집요하게 인간들을 노리려 했다.

-── 길가메시 치졸한 거 봐라 진짜.

-성좌란 것들이 인질극이라니…….

-아 저러면 어떻게 해?? 인질 구하려다 잡혀가는 거

야? ㅠㅠㅠㅠ

　-성지한 님, 그냥 인질을 버리심이…….

　-아니 그래도 그건 좀;

　꼼짝달싹 못하는 사람들을 향해, 뻗어 나가는 핏빛 사슬.

　'쯧, 귀찮게 하네.'

　성지한은 이걸 보고는 혀를 차며, 탑을 향해 나아갔다.

　그런 그의 그림자검은, 어느새 소용돌이치고 있었다.

　혼원신공混元神功

　암영신결暗影神訣

　암혼와류暗魂渦流

　슈우우우!

　바벨탑 앞에서, 본격적으로 피어오른 검은 소용돌이.

　그것은 인질을 잡으려던 길가메시의 사슬을 통째로 빨아들였다.

　[피티아! 이러다 다 끌려간다! 잠깐만이라도 시간을 끌어라……!]

　"야, 나한테 명령하지 마."

　[이 미친 게 진짜…… 일을 성사시켜야 할 거 아니냐!]

　"내가 알아서 해."

빵!

피티아는 바벨탑을 발로 뻥 차고는, 성지한을 향해 돌진했다.

슈슈슉!

순식간에 몰아치는 얼음의 검.

빙천검우를 응용한 피티아의 공격은, 레벨 8 성좌의 급에 맞게 위협적이었지만.

"이 정도인가."

성지한의 창에서, 불길이 피어오르자.

그에게로 쇄도하던 얼음검이 일제히 녹아내렸다.

"뭐, 뭐야. 적멸도 아닌데……."

피티아가 그걸 보고 당황하는 사이.

파지지직!

그녀의 얼굴에, 적뢰가 스쳐 지나갔다.

"읏……!"

그러자 순식간에 타오르는 피티아의 얼굴.

시간을 끌겠다고 나선 게 무색하게, 레벨 8 성좌가 퇴치된 시간은 10초도 채 걸리지 않았다.

"아오, 괴물 진짜…… 내 얼굴 어쩔 거예요?"

스으으으……

적뢰 맞고 뒤로 물러선 피티아가, 얼굴을 재생하자.

성지한은 창끝을 그녀에게로 겨누었다.

"그런 거치고는 금방 재생했군."

"무신께서 절 총애하셔서 말이에요. 누구랑은 달리, 젊음 하나는 확실하게 유지되고 있죠."

[하, 쓸모없는 것! 젊음이 있으면 뭐 하나. 그 짧은 시간도 벌어다 주질 못 하는구나!]

길가메시는 피티아의 말에 발끈했지만.

[하지만…… 발상을 전환한 덕에 일은 성사되었다. 인질, 굳이 붙잡을 필요는 없지……!]

곧, 일이 성사되었다고 알려 왔다.

"뭐?"

분명히 사슬은 다, 암혼와류로 흡수했는데?

성지한이 주변을 바라보자, 탑에서 득의에 찬 목소리가 들려왔다.

[사슬은 막혔지만. 이 왕릉 주변엔 고층 건물이 많더군…… 겁도 없이 여기를 지켜보고 있는 사람들에게, 황금의 탑의 진면모를 보여 주었다.]

성지한이 그 말에 시선을 위로 올리니.

아래층부터 실체를 갖추어 가던 황금의 탑이.

중간은 빛의 형태인 채, 맨 윗 부분만 실체화가 되어 있었다.

'천수강신으로 인질극은 힘들 거 같으니까, 선릉역 주변 빌딩에 있는 사람들을 세뇌한 건가.'

웬일로 길가메시가 그 짧은 시간 동안 올바른 판단을 내렸군.

성지한이 암혼와류로 빨아들였던 길가메시의 사슬을 보면서 미간을 찌푸렸을 때.

　[그러니 이제 반항을 멈추어라. 네가 경거망동한다면, 빌딩에서 수많은 사람들이 떨어질 테니까. 사람들이 집단 자살 하는 꼴을 보고 싶진 않겠지?]

　길가메시는 인질을 붙잡고는, 꼼짝 말라며 협박을 하고 있었다.

　힘으로는 상대가 안 된다는 걸 아니까, 결국 하는 게 민간인 인질극인가.

　-아 미친…….
　-무슨 탑이 바닥부터 만들어지지 않고 허공에만 붕 떠서 실체화되냐;
　-선릉역 쪽은 지금 쳐다도 보면 안 될 듯…….
　-근데 이러면 어떻게 되는 거야 ㄹㅇ 인질극 성공한 거야??
　-아 ㅅㅂ 아담과 이브가 뭐 이리 치졸하냐 ＿＿
　-개같네 진짜;

　현 상황을 보고는, 욕설이 난무하기 시작하는 채팅창.
　성지한은 가라앉은 눈으로, 현 상황을 파악했다.
　'결국 이건, 바벨탑이 지닌 지배의 능력이 문제란 건데…….'

지배 코드의 능력을 맘껏 발현하고 있는 바벨탑.

저걸 놔두면, 민간인을 인질로 써먹는 저들의 전략에 결국 당할 수밖에 없다.

그럼 해결책은……

'저 탑을, 내가 장악한다.'

마침 암혼와류로 빨려 들어왔던 길가메시의 사슬이, 성지한의 눈에 들어왔다.

저걸 통해, 역으로 장악해 들어가면 되겠지.

혼원신공混元神功

멸신결滅神訣

천수강신天樹降神

그의 몸에서 천수강신의 사슬이 뻗어 나오더니.

콰직!

길가메시의 사슬을 붙들었다.

(2레벨로 회귀한 무신 21권에서 계속)

신들의 전장, 신세계
게임 속 엑스트라가 된 에단에게 기회가 찾아왔다

[당신에게 걸맞은 신을 구독하세요!]

"모두가 나를 원한다고?"

ㅡ필멸자여, 제발 나를 구독해 주게나!

수많은 신들의 아이돌이 된 에단,
그의 한 걸음마다 세계가 들썩이고 신들이 주목한다!

신들의 구독자

최달해 판타지 장편소설